新时代诗库·第三辑

那就是东方

金铃子 著

中国言实出版社

图书在版编目(CIP)数据

那就是东方 / 金铃子著 . -- 北京：中国言实出版
社, 2025. 3. -- ISBN 978-7-5171-4869-2

Ⅰ . I227

中国国家版本馆 CIP 数据核字第 202402K0D0 号

那就是东方

责任编辑：郭江妮
责任校对：邱　耿

出版发行：中国言实出版社
　　　　　地　址：北京市朝阳区北苑路180号加利大厦5号楼105室
　　　　　邮　编：100101
　　　　　编辑部：北京市海淀区花园北路35号院9号楼302室
　　　　　邮　编：100083
　　　　　电　话：010-64924853（总编室）　010-64924716（发行部）
　　　　　网　址：www.zgyscbs.cn　电子邮箱：zgyscbs@263.net

经　　销：新华书店
印　　刷：北京温林源印刷有限公司
版　　次：2025年3月第1版　2025年3月第1次印刷
规　　格：880毫米×1230毫米　1/32　8.75印张
字　　数：135千字

定　　价：58.00元
书　　号：ISBN 978-7-5171-4869-2

　　金铃子，本名蒋信琳，中国作家协会会员、国家画院曾来德工作室访问学者。曾参加24届青春诗会，有诗集《奢华倾城》《越人歌》《我住长江头》《例外》《曲有误》及诗画集《面具》《桃之夭夭》等，曾获李杜诗歌奖、《诗刊》年度诗歌奖、屈原诗歌奖、徐志摩诗歌奖等奖项。作品曾被翻译成英语、希腊语、罗马尼亚语等多国语言。现居重庆。

　　Jin Lingzi, whose real name is Jiang Xinlin, is a member of China Writers Association. She is also a professional artist and the visiting scholar of Ceng Laide studio of Chinese National Academy of Painting. She has participated in the 24th Youth Poetry Conference, and has published poetry collections "Luxury Allure", "Yue Song", "I Live at the Head of the Yangtze River", "Exception", "Song Mistakes", and art collections "Mask" and "Peach Blossoms". She has won the Li Du Poetry Award, the Annual Poetry Award from the Poetry Magazine, Qu Yuan Poetry Award, Xu Zhimo Poetry Prize, the Annual Love Poetry Award of October, and the Outstanding Works Award from Beijing Literature and Literary Harbor magazines. Her works have been translated into English, Greek, Romanian and other languages and has held several personal exhibitions. She currently lives in Chongqing.

新 时 代 诗 库

目　录

CONTENTS

只有

只有太阳反复书写也无法写完
只有爱重复地活着

只有我，爱你的时候
你才会意义茂盛

我见过的爱情很多

我见过的爱情很多

可是，没有哪一个像你和我

一刻也不敢停

一刻也不能停

我只让目光一寸一寸的在你身体里行走

我只让一只鸟飞来落在黄金般的乳房

蜜一般宁静、柔软

我只让你弹奏深藏不露的乐器

没有人听得见那美妙的声音

除了我，或是你

这就是一个人爱上另一个人

起始和结尾

一夜一夜地独坐

一夜一夜地独坐，我悄悄地想你
夜太静了，我真怕弄出什么响动来
怕我大叫一声，把它们叫醒
沉睡的荒野，那荒野上的石楠

我这个被大地诱惑了的人
命里注定需要忍受，我内心废弃的那条小溪，源源的水声
忍受那流经我嘴唇边的，多余的句子

误苍生

曾以为，招明月，明月就来

爱春风，就永远爱下去

北斗星嫉妒得死在天空

曾以为昨天的月色，会终身照你

备有万颗星星，万吨黄金，纸砚笔墨

红灯笼白灯笼，从树丫上垂下来

等我老了，就写些花样文章

让他们羡慕

顺便误自己，也误苍生

他和我说起悲伤

他和我说起悲伤
瞬间，我的心被击碎
爱过许多事物。孤独。眼泪。草丛
唯独没有爱过悲伤
今天，仿佛例外
紧紧地抱住它，温暖它
这个寒冷的初春，我与悲伤
相依为命
我用笨拙的方式爱上悲伤

犹如我爱上他的沉默
或者歌唱

我的词语间

我的词语间藏满河流，山峦，鸟群
云朵，树叶，魏碑，墨汁

亲，你想看吗
你想听吗（听了又如何？）

我的词语间藏满天涯
山上的鹰
在盘旋呼啸，河里的水在用粉红的鳃说话

亲，你有好视线
你有真眼光吗（有真眼光又如何？）

我的词语间藏满相思，云朵向你舒卷
红豆簌簌如同雨下
迷得气死人

亲爱的，亲爱的春天！你为什么不为我
惊艳地，反写一笔

第一次听见孔雀的叫声

第一次听见孔雀的叫声
叫得粗鲁。它们的尾巴摇晃
如同重叠的床单

满床的阳光打在一个磨制石器上。木犀榄
椭圆形或卵形的叶子
像邛海一样快乐

那只母孔雀，面无表情
它知道爱情锋利，少，而且小得可怜

或许，它是个聋子。或许
它老了，像我一样
把爱扔了

省略

我省略的爱可长可短
说出来不过徒增热闹
省略的记忆，封存在一张棋盘里
不黑，就白
省略的苦，在笑声里
笑一声，眼泪就往身体里流
心底的湖水就涨了又涨
偶尔，有鱼虾从湖里冒出头来
我也将它们省略
在这六个点中
躲过了猎手，子弹和渔网

就这样含糊其辞的……活着
只是诗歌，偶尔
发出清晰的。空落落的
落指声

那就是东方

"那就是东方,朱丽叶就是太阳"

一

这个夏天,有一群亲密之马,等待着我
有一群绝望之马,等待着我

这个夏天,我恢复了正常视觉
太阳热烈,却如此宁静。我看到画布上
一匹母马的忧伤

马群飞流而下
我的爱随一张画布变成了,赤橙黄绿青蓝紫
音乐随长鬃飞扬,壮美的龙脊
如风。带着日月山川,葡萄美酒而来
如风。宏大的交响,随一首诗披散着
琵琶声

哎,这个夏天,我赶上了最后一首赞歌

二

它们随着光的方向，旁若无人的舞动
它们乘坐北斗而来

看它一眼，就轻易被它的惆怅打败
我一时不知置身何处
借助微弱之光分辨它，我因它的神秘而沮丧
又因理解它而狂喜
马的嘶鸣传来
那群执念的人，瞬间入定
那群怀揣炼金术的人，瞬间放下他们的金子
一切都停止了
荒原飘荡的彩旗
小心翼翼从群马飞过的百鸟
一切都停止了
那些高举的枪炮，提心吊胆地行走的人群
一切都停止了

只有一匹马，
它涌出画布。向远处，向远处
随我的思想奔跑

三

它飞扬在夜色里的鬃毛，如飞翔的羽翼

它并不用腿，是飞翔
来自北方的草原，王子和公主的坐骑
它们奔跑起来
它们的响声清冽而疾速，它们的响声神秘而动人

一个在空荡中寻找马蹄的人，不仅发出疑问
是谁夺走了江山的静穆
那个低垂着头颅，捶打马蹄的人
抬起头来。他将马蹄举过头顶，眯缝着双眼说

这里是旷世的孤独，哪里有马?

这只是奔跑在我身体里的声音
是我白发里生长的萧萧斑马鸣
是我少年时代
草原里的骑手，在绿色的空寂中，挥舞着马鞭
抑或

是那个画马的人，在色彩里推出了
时光的蹄声

四

暮色，群马与落日在一起

一个坏消息太多的时代
它们眼睛明亮，却看不到人世的杂草
它们耳朵聪慧，却听不到坏消息
它们只在落日中窥见飞翔的乌鸦
黑色的，简单的
发出……呱呱……呱呱
它们只在黄昏里看见远方之远
排着长队等待核酸的人
淡定的、疲倦的、怀疑的、病痛的
他们全部看着手机
像一个躯壳看着另外一个躯壳

它们只看到一个为马立传的
被一匹马，带入了歧途

五

穿过灌木丛的时候，我看到一条宽阔的山谷
这里住过两匹互为知己之马
它们变为两座雪山。它们就在我的面前
身体上经年飘落的雪片
发丝如雕刻。闪耀。优美

黑乌鸦在我头顶嘀咕
"看啊看啊，冰冷的已死之马。"

因为冰冷我的心里生出暖意
冰冷之下，可以将太阳反复使用
冰冷之下，心生寒凉的人，可以相互取暖
冰冷之下，可以冻住当年的嘶鸣
经年的爱人
在它们的体内，我找到
曾经的热血和花香

我绕着这两座雪山行走
此时，四边寂静，万籁无声
我在心里祈祷，"但愿它们伤口完美，
但愿它们继续活着"

在虚情的人类，我为它们准备了铁链
也准备了自由

六

疾风之马，一道一道闪电起伏
大风在为它送行
一眨眼就跑到我前面去，跑过我的一生

我这一生，用怀念骑马
那些奔跑者代替着我的奔跑

疼痛者代替着我的疼痛

爱者代替我爱。恨者代替我恨

我用体内的血喂养它们

它们是我最大的蛊虫

善良的蛊虫，只忠诚于它的女主人

它带着主人

机警地避开疼痛、火焰和暗器

我拥有着它，宛如我拥有词语

这样。那样。又这样。还那样

在词语中翻云，覆雨

它们踏月而来，生死循环

从未曾孕育，却日日诞生

它们跑过之后，我就寂寞了

我用一匹母马的姿态，与山峦对弈

落指声如此之大

仿佛太阳，叮咚一声。落在大地

七

那画布上，女骑手驾驭着群马来了

纠结的长发，黑亮的眼睛

只要丢掉一笔，就是人生的败笔

只要丢掉一丝色彩
诗歌的脸色就会发青

女骑手的皮鞭拥有狂傲、暧昧和抚慰
她举起鞭子
他们以为她举着太阳
不可消亡的生命
她在马背上翻过腕子，腾空而起
众人喝彩
只是喝彩

在大河的拐弯处，挤满马的欢笑
一匹雄性之马
她喂它黄昏的诗句
它眼底涌起泪珠，让我一怔
它也有思念啊。这思念热烈、迅速而真实
它发出嘶嘶的母语

我渴求成为那低沉的……自由的
嘶……嘶……

八

群马低垂着头颅

在画布上
画出少年时代游荡的身影
一个诗歌的孤儿在街头行乞
一个隐姓埋名的人，想疾呼，却声音沙哑
一个打马归来的人，迷失了方向

亲人，只有垂下头颅的时候
我才对漫长的生活开始有所体悟
知道光明照耀的不一定是光明的事物
生活并不能给我们繁盛
知道那些赶马者
赶的是长满老茧的自己

这个夏天，我们把我们驱赶
从这座山到那座山，从一个废墟到另外一个废墟

几匹隐身之马在火海之中
它们低垂着头颅，黯然而悲伤

九

嘉陵江干枯的时候，我的白马
将流离失所

我的白马

不再有水草丰美的地方供养
不再有鱼肥羊壮的玩伴
我的白马，没有水的滋润，它的嘴唇
如此荒凉
它的前额、颈脊、背部、腰、腹部
更大的灾难和黑夜
那么多衰败向它俯身
哦
如果没有大江
我将再也找不到藏身之所
如果没有大江
我的词语在何处孕育

突然，我听到
……川江的号子响起
雄性的中音，带来雨水的雷鸣
江水的澎湃。我的白马
它的嘴唇有了愉快的光芒
快活的露出它的白牙齿

它嘶咬我时，水声难以平静

十

谁雕刻的马匹，它站在群山之间

一站就是一千年
已经接不住落日和沧桑
修行一千年也没有修出正果吗
我将手按在它的胸口
听到它远古的心跳。它呼我为王
难道我是它的前生，是曾经的小妖
许多神话中的一个

今天，你被放养在这里
供人参观
你应该有名字。你叫抱月、乌骓、追风
梅花、独角、赤兔，还是闪电
你应该有主人
是战士、法师、术士、画者，还是诗人
同行人，什么也不关心
他们只关心朝代，工匠的技艺
石头的材质

我关心的与他们多么的不同
我抱住它，像抱住我的孪生妹妹
像抱住我失散多年的亲人
我为它清除身上的杂草，认真地抹去
它眼眶里的暗伤

十一

我独自坐在银庄的石阶
看制银的工匠，一锤一锤地敲打
一匹纯银的白马
他告诉我
每一匹马都有自己神秘的身世
我的白马
一睡就是百年，甚至更久
它突然被一个铁锤唤醒
被一个陌生的女人拥有

我把它佩戴在胸口，招摇过市
洋洋而得意
我开始赞美白，狡黠的用尽白
雪白、乳白、白茫茫、洁白、莹白
白璧、白火焰。哦
那些白，纷纷而下

我准备了白皮书，郑重地宣布
我拥有了马匹。静止的白

十二

为什么我会丢失来之不易的东西
我丢掉过珍珠、耳环、戒指

丢掉过真理、理想、亲人，我还把我丢失
成群的马匹，在我这里也会走失
它们离开主人
为什么，它们不悲伤
难道它们本身就住在，比悲更悲的地方
比痛更痛的地方

我是一个软弱的人
一生都在向寒冷退让，向暴力退让
向坏退让
我看不起我，我躲避我
我是我的阴影
摆脱不了大地这块躯壳
就算十万匹马也拉不动这阴影
我被这阴影笼罩。马的拉拽像哭泣
我只有躲进阴影中

如果你看见一个阴影里的人
请一定不要践踏她
这样，她就是完好

十三

要在一张薄薄的纸上放养马匹
那些养马人，也不曾告诉我什么

有时候我得假装我是马

看尽冷暖与战火之殇

我在奔跑中生出白发

风把我的头发吹乱，把我的主人吹走

我有了做义马的想法

有时候我是它的仆人

陪它看路边的风景，它发脾气的时候

我说：请吧，随便踢我

你对着江山悲恸，我又怎能快乐

更多的时候，我和马互为过客

我隔着一张画布看它，让我发神

它隔着一张画布看我，让它发神

这小小的安慰，也许

已经足够

其实，我不必在不合适的时间写下马

正如不必在不合时宜的时间

画出花朵和春天

爱每一株花楸

我爱那密集的花朵

萼片的三角形

爱那萼筒的钟状，它白色的绒毛

由此，才有了心的悸动

由此，我的激情粗锐而锯齿

我感受到生的灿烂

死的苍凉

今天的雨仍然温暖

女主人，她有一双炽热的眼睛

果实和芳香

她在低声朗诵

爱每一株花楸，像爱女儿

爱每一芽茶蕊，像爱儿子

如果我还有爱

会分给春天一些

唉，我的爱已经用完

它只能空手而归

瓶里的绿萝枯萎了

有一双手
仔细地把它插在酒瓶里
应该有一双眼睛
欢喜地望着它
等待它发芽
它真的枯萎了
一片枯叶挨着另外一片枯叶
仿佛一个老去的人
挨着另外一个老去的人
我默默地喝着茶
甚至没有想过，给它斟上一杯
面对枯萎，我胸口疼痛
却无动于衷

813 号工作室

这里，如此安静。仿若永恒
太过空荡，可以放下两个人的孤独
孤独与孤独
它们端端正正，并排而坐
像两尊遁入空门的雕塑

唯有爱才可以拯救
才可以，让它们还俗

荒野密道

"荒野密道"四个端正的宋体
在一块铁锈的钢板上
山城步道，层楼叠嶂
来来往往，是安其居、乐其俗的人
我们能够抵达的，一定不是荒野
从密道走出的，是枯蔓野藤
而，人生有多少荒野密道
不可示人
密道很宽，藏得起万里江山
密道逼仄，容不下一个人

有什么不满意的啊

有什么不满意的啊
疫年免于死亡，不饥不寒
半亩之宅，可养鸡鸭，植柑橘
可闭双眼，视而不见
可睁双眼，相互窥视
她问自己
到底有什么不满意的啊
可是，她就是不满意
就是常常独自一人，静对群山
无声流泪

我的春天在高山

我的春天在高山

雪融化，滴落声不曾把峡谷装满

我的春天在江河

河流是巨大的暖床，红鲤鱼、黑鲤鱼，子孙太多

它们的爱，如此短暂

我的春天在草木

虫兽们才把眼睛睁开，相互撕咬

互为祭品，祈求五谷

我的春天，在百年之后

他们在我墓碑上雕刻

折枝花卉和猛兽

有一个人为我号啕。那个人

一定不是我的爱人

在瑷河

白发三千丈，才走到瑷河
举着木牌，"我在瑷河说爱你"
河流安静如沉睡的爱人
那条河流夸大了爱的距离，从天上来
奔鸭绿江去

那条河流四季不同
平顺、温暖、汹涌、逆转、寒冷
它知道春天的蝴蝶，蜜蜂的尖刺
它明白朔风吹处，爱也冷清
那条河流的神韵，我学不来

那条河流让爱多了一个偏旁
一个"云"字，神仙的彩云
祥云的玉器，让我知道

爱着的人都是天上的人，出生不俗
云中仙子

情人谷

我迷失于吊桥边的绣球花
古城栈道的寂静

梓树下垂的根须
像久远的情人，占据我半首诗
还可以更多

草木世界的缠绵，150 米
悬在空中。有人执子之手
在上面走来走去

情人们写过《江城子》《遣悲怀》
相思，让桥低了又低

这个秋天，我来取情书
这么多，我搬不动
蚂蚁和蜜蜂，不请自来

你们慢慢地搬，爱情碎如我手心的绣球花

风一吹，就不知抛向了哪里

打着油纸伞走过李庄

打着油纸伞走过李庄
那个叫戴望舒的人一定躲在某处写诗
他不是我喜欢的男人。我喜欢挥着马刀的男人
锐利的刀锋偏冷
一刀可以把油纸伞劈碎，把我劈碎
他将我的身体扔进炉火
入水淬火，刀身渐薄
弧度如我的长卷山水
我们棋逢对手，一笑多是恩仇
尤其是玩火的时候
他知道近护手处应该浑厚低沉
我知道近刀尖处，必须响亮轻脆

他问我去过丽江没有

他问我去过丽江没有。或者去过，我忘记了
这一生，能够记住的东西太有限
因此我要写一首虚无之诗
此刻，丽江水影摇动，蝉鸣好细

最先从水里出来的是一个断肠人
怀里抱人间的戏服，刚刚演完悲欢离合
一场镜花水月

我的爱情在低下头轻叹

因为大好河山而轻叹
因一首诗作到二三更而轻叹
因色彩的革命，红屋顶黑屋顶赤裸中的赤裸而轻叹
因偷窥莫奈的睡莲而轻叹

因爱人的白发，朗诵的太阳石而轻叹
爱人们正水涨船高
鱼群在泥浆里翻来翻去
鹅卵石在飞舞，落日出现在古城三百多座桥上
石拱桥、条石板桥、栗木板桥
桥上的落日
爱情不死的虚幻
连接大地。我感受到丽江
一群鱼的欢愉，一棵垂柳的尊严

夏日的诀别书，因此而隆重
我是抢种，抢收的农妇啊。这个夏天
有人收割了太多落日、荒凉、呐喊
有人吃穿不愁了

无花果枯萎了

无花果枯萎了
巨大的花盆，装过许多快乐和幸福
但是，它死了
因某个夏季的热烈而枯萎

我吃下它
仿佛将那拔掉的几颗病牙，吞进肚里
天空因此而惨淡
寂静。被七月的滚滚热浪冷却了
我们全身是冰
袖子尽湿。我在冰火之间看穿
一个钟摆的悲哀

"真静啊，真静啊"
那群对果溅泪的人走了
那群讲述传奇的人走了
他们等不及，我添上戏剧性的一笔
认证它——
枯萎的那一瞬，大放的光明

你太阳般发亮的眼睛

你太阳般发亮的眼睛
光明的生灵
你所到之处的再生和消逝
我要用你的眼睛来分辨各种真理
我要赞美你。爱人，你的嘴唇
世俗的、性感的，甚至谎言
我写下所有你想说的话
不方便。不适合。不可说
欲望和执着
它们打击我。它们用粗鲁的声音
流向我。贯穿我。蔑视我

我祈请你
敲门。用你的东南西北风敲打
直至揭开我的面具，打出我正直的骨头
把我揉碎
把我无数次无数次，抛弃于自由的门外
世界因此而赤裸

我因此而找到全赤的，色的余韵

多么可怕啊。这

该爱的都已爱过了

该爱的都已爱过了
不该爱的，也给他们立了牌坊
恨的？得在心里默算一阵
我这短暂的几十年，罪大于恨
痛大于罪
世界越来越陌生
莫名的悲哀常常侵袭我的颈椎
椎体、椎弓
它们不再灵活，不再愿意
为我负重
该安静了
该把这七根椎骨捏成团儿
揉成七根镇钉
钉棺者敲击一声
我在里面，号啕一声

我想到的地方

我想到的地方

是远离生活一步

闭上眼睛，总能涌起无数的红籽

无数轻柔的草木

你爱着的人，没走多远

可能在那些绿里，一张细小的叶子

足以藏身

像它们，在田野恭迎雨露、甜润、幸福

而我们

无须显示出豪华

显示出古国春天里的那行诗

阳光，靠近一些，再靠近一些

这就足够了

访王之涣，不遇

没有登鹳雀楼

知道王之涣不在。知道他不再击剑悲歌

他与我一样混杂在人群里，看热闹

偶尔研读古人，在楼下打望秋天

捧住这叶子，就以为捧住草木。土石。水泉

这世界早已让我心灰意冷

一有风吹草动，我却飞出来，仿佛

一只笼子里飞出的病鸟

黄河远上啊，面对祖国的壮丽

我们不敢入睡，聚在一个酒杯里喝大酒

季凌兄，你那一片冰心在这壶里

被我一饮而尽

唉，我千里迢迢地去看你

（你并没有将我拒之门外）

原以为我和你，可以成就一点佳话

在大禹渡鳖肉鹿脯，时蔬香菜，意气相投

实在钱少，粗茶可以代酒

你看你。寂寞到无处可去（竟然成了一尊雕塑）
大好河山已成烟云
人生终究是白费笔墨。你叫我怎么感到欢喜
早知道会有这么一天
转眼间，就酒席散去
白身黑尾的鹡鸰，像私奔一样
消失得无影无踪

疑问

何以，远山数叠，却也空无一树
何以，逝去多年的人却陪我活到今日
随我在人世
善沉默，善长长的寂静
今天，我手持钱纸，用香烛点山
用鞭炮把你们叫醒，看我

还没有发明一个比爱更爱的词，我就老了
没有发明一个比孤独更孤独的词，就老了
还没有……捏造一个自己
把我长久拥抱。就老了

老得这样的快
快过了时间。快过了爱情

听吉力么子扎吹口弦

小小的四片口弦上
吹送飞鸟，把它们吹远了
又吹近了
山鸡吹不出你的妙乐
凤凰也不行
我要赞美你的嘴唇，尽管嘴唇会老

只有嘴唇才能让我
瞬间忘却寒冷
你一心一意地让我知道唇的热度
我突然飞起，云端
你又换了音节
让我知道唇的冰冷
在失恋中，老泪纵横
吉力么子扎
此时，我在重庆想你
像想起春天的乐器
月色倾倒的声音，在夜空荡来荡去

这声音，像一首好诗

压着我。像你的嘴唇

不可触及

戊戌冬月过钱塘江

那些年，江湖事时常在你身边发生
哪吒出生，白娘子打架
可惜，我不在
这些年，我结婚，生子，养枇杷精
可惜，你也不在

今天，六和塔安静。车、马、大桥安静
你安静地流着，委婉，温好
我知道这是你了

假如我必须爱

假如我必须爱

像光和影子，融合

那，我在这里

等待，一切影

仰望，一切光

我必得张大眼睛，生生不已

直到我们，四目相对

无力、清净、无身

秋虫唧唧

秋虫唧唧。那个卖秋虫的人
卖掉最后一个竹篓，那惆怅
如丢了稀世珍藏
他在十八梯低垂着头颅，与朱炳仁的铜马
一样忧郁
铜马。铜衣。铜耳。铜脚
新，新得奢华
马身弯曲，它低头。那表情
近于七情所伤，似怀旧的战马
打破时间的壁垒
默听大轰炸的警报声

大丈夫

我拈弓搭箭，他应弦而倒
他说："大丈夫，当带三尺剑，立不世之功。"
透过他酒杯的红色，我眯起眼睛
望见了剑，不足一尺
"你不会狠心到把我杀了吧？"
他说："那当然，我不习水战。"

我们还需要什么

我们的笑声那么大
我们吹哨子、拍手、讲话
我们这两个抓紧时间相爱的人
像屋后的野苋菜，开六个月的花，结八个月的果
瞬间，我们变成它的每一口呼吸，每一次心跳
我们长在这里，轻摇玉佩
内心闪烁

谁是我的天涯

我从来没有到过，他的地方
只是路过几次，没有住下
与我一起逛城隍庙、看江水、谈情、使坏
无疑，它没有我想象中的甜

咖啡

对 100 个人说，我爱你

那是假的

我只对 1 个人说，对 99 个人都保密

你应该和我一样，喜欢不加糖的咖啡

噙在嘴里，不咽下去

珍珠碎

9 月的风，它们经过那桂花
花香，一碰即碎。你无法听见花的忧伤

我很想模仿一些姿势
从头发、手臂、嘴唇、眼睛，长出容光的叶子
并开花
只为你，亲爱的

有东西叫这花死得，又慢又苦
你叫它季节，我叫它爱情

也许

也许，今天我去看了桃花

会对着桃花

说几句好听的话。也许，今天

我最关注的是那只鸟

也许，那只鸟的衣服，就是我前生的嫁妆

也许，那只鸟的心脏，就是

我给的热血。也许，那只鸟唱的歌谣

也是我教的曲调。也许

我曾藏在那只鸟的翅羽里飞翔、流汗、难过

也许，那只鸟飞去过我的学校

停在教室窗边的枝上

听女老师怎样用桐子花般的嗓音

为我讲课。也许，那只鸟

丧失了父母，全靠自己

在风雨中拼搏。也许，那只鸟，看清了

桃花是谁抹红，青草是谁染绿

也许，那只鸟的叫声

永远苍翠。偶尔，也会将黄的、紫的、灰的

狠狠触痛。也许，那只鸟
受伤时，我就在它的伤口中。也许
那只鸟结婚时，我应该
送点什么。也许，那只鸟的眼里，有我的泪水
转动。也许，那只鸟失恋时
我也两手空空

蝴蝶

一只蝴蝶在摊开的报纸上飞来飞去
落下。飞起。落下
卖报女人的脸，如浸泡在水中般苍白
她向天空望了望，有什么就要发生了
果真发生了

啪。蝴蝶从她手中滚落
她啐了一口，说道：哼！你以为你是梁山伯
一张报纸在她手上，随后摊开
我听她呼吸有些粗了起来
脸上也开始有了红晕

歌

倘使我有表示忧伤的时光
亲爱的，不要理我

当音乐响起，这沉闷的华新大街
几乎从来不哭
爱，失去了均匀的节奏
撞得粉碎的身体，颓然跌落
排鼓接过第六段高潮，开始就等同于结束

这是什么调子，不舞不歌
短小的引子，一开始就出现了撕裂
孤独的喧嚣四度上扬，引出悲切

重庆，那把发黄的藤靠椅
我坐在这里，倾听。日历停在 6 月 23 号
一切和当时一样，一切和过去一样
没有什么，抵达内心

消瘦

我不认识他们。他们重新摆好了姿势
在人群面前，我变得大为窘迫
林子大了，剩下的日子随空虚膨胀起来

我开始习惯单独进餐。猎物洗净后
习惯在烹调前频繁地感谢
用竹签穿起，切口朝下，油浸过鸟身
那样荒诞，它们的羽毛艳丽
屈辱

没有什么能阻止我的狂热和浮夸
唯有爱，像一只衰老的长翅歌雀，在它歌唱之前
我还记得满怀谦卑

速度

音乐

我要用自己的方式倾听，浑身湿透

以符点和切分节奏为动力

分裂到最小单位

那些肉体的碎片在和弦上刮出悲音

哦，请允许纵情

允许不可抑制的疼痛

管弦齐鸣

面具

猜透你们了
你们像我一样
在山脊背后，总算画了一个
圆圆的太阳
在没完没了的坠落的尽头
放射金色的光芒

女人们都把花戴上
到黑暗的街道闲逛
众多的人影中，我如果以另一种方式
出现的话
我忆不起
我把名字告诉过你吗

相予绣阁

飞针走线的人，绣了两只白鹤
一只白鹤飞乱了松枝
一只白鹤萧索而立。古松，太阳
到底哪一只是我
可以封印在针脚里

每次我经过这山丘

每次我经过这山丘
想得最多的，是风
它压根儿就不认识我，只是这风
响亮而悲伤
赤脚陷在软软的风里
我总想抛掉一个谎言
包括这身羞怯的衣服
我会在一块空地上，躺下
小虫子一个接一个地怪笑
它们让我重新想起
我的创伤
像风，你一闪而过

嘉陵江

嘉陵江张大嘴巴，在长声嘶鸣：众生好难度哇
江水晃动
我爱，给我小园儿，给我两三亩地
我种桃花，种江水，种那些直上青云的
天崩地裂与苍茫

我挨着一首诗坐下

我挨着一首诗坐下
仿佛一个被梦驱逐出来的人
一只低垂的黑鸦
只剩下回想。回想——
没有一片叶子颤动，没有一丝声音
打动我
直到，林子远处一只鸟叫了
另一只鸟应和
一群月亮在柳荫深处
白得像雪
丰收的谷物被大光……照亮
我才相信
一物安静，是为了一物响起
我才相信，我误入了九月的爱情
你的果实和蜂蜜

啊，那蜂群，那烈焰的嘴唇
它如何懂得安静

不死的夜

我拥有一百年前梨花落下的花瓣的白
真是奇迹
在它们繁生的地方
星群巡行在我的头顶
光明和自由
从一个山坡照到另一个山坡

我爱这奇异的国土
这花和星，这黝黑的熊一般的男人
他巨大的斧头，劈开春天的河流
劈开放纵的花朵
一切荒原的蓄美
有声音的世界
满山的春风，要我去赞美

要我陪它回家
回家……我想不出它住在怎样的房子
漠大无边的房子

我和着不断的鸟鸣

我和着不断的鸟鸣，在宝鼎山
我，只有我。足以蛊惑那只鹰，跃过大野

在迷路之前，它看见我。它的怀疑和不安消失了
我对它生出眷恋之情。它的求偶之歌在大地蜂拥
大地啊，你就是我的。含混的幸福

直到夕阳向我移来，我才感到未曾有的大空虚
事实上，我并不缺少什么。并不——

青苔和岩石的气味，与我寸步不离
长青藤夹带着清愁。这些，多么让我难以捉摸

正如你，向我走来。在枫树赤裸的高枝间，挂果
这些都是我要的。都是

星期三

今夜云层浓厚，不见月色
我在南山喝酒，抬头看天
遭遇春天的萤火虫，它们飞呀，飞

一小片菜地里，一群青蛙正在高歌
每唱到精彩片段，他们便击掌叫好
山谷发出回响：萧萧，萧萧
风萧萧，落叶也萧萧

山风很大，有人擎煤油灯，穿青衣
衣角在黑夜里飘扬。他看我
我不认识。蒲松龄？寒山子？鲁迅？
哦，破山兄

春色将尽，大地震裂。哥哥你来干吗
我来伤春，顺便忧国

也许，我还能爱

也许，我还能爱。还能在那棵大杨树上偷看
富饶的山谷。属于它的水坝，羊群
它的苦蒿长势真好
一辆满载酒桶的马车驶过
一个人在远处对另一个人大喊
那些声音含混不清
乌鸦三四只，两三只一起飞过
我不知道如何爱这个世界
生活年复一年，日复一日
春天来过好一会了
我默默地饮着茶，甚至没有再看它一眼
只是格于情面，我与它坐在这里。等待一些东西

尽管，来者不善

总是那只狐狸

它们有时候是一只，有时候是两只。昼伏夜出
或者把头枕在青草上，假装打瞌睡。偷听两个女人的谈话
一些驱鬼要诀。其实，它们怕谁呢
大白天的，就有一个少年翩然而至，等我们去捉他
他就无影无踪了
总是那只狐狸，在宽大的垅沟。看我们捆柴，剥树皮
是那种心不在焉的神情。而我们
已无法说出对它，多么的热爱

春秋

一

我放慢脚步，轻轻地行走
浩大的太阳同我的诗篇一起，沉入大地
我无法重新打开一件远古的兵器

有好几次，我几乎失去了勇气
在一个没有鹰的天空，我在和谁依约而至
你也许想到了我，大概是一个春的夜晚

我们突然被刀声惊动。花香离枝落地
我们甚至没有来得及掩盖某些事物，某次短暂的爱情
一切，皆有了秋意

风来了，三更的时候
所有的水突然高涨，噼啦作响的树木迎风弯腰
我看到了风。就像第一次，看到你一样
自燕山而来，又沿西都而去

二

风继续着风。越过我要去的湖泊，巫山
越过我的心。从马车里跨出的王者
开始坠落

我们之外，一切背景都在隐退
风为什么不喊出来，那支相遇之歌。天色已经不早
我要推迟这慌乱的天空。从今天开始

我要重修庙宇，我要四时祭祀
直到风中的大妖吐出咒语：我爱
然后，拥入湖中

我从遥远的古园走向你
多像一群群怀想中的乡亲，果实中寂寞的勇士
哦，这风吹草动的世界啊

三

是谁在夜里唱着歌，在一支短笛中浮动
山风的红，枫叶磅礴的红
秋啊，你拾级而上
交织在秋蝉苦苦的霜恋里。我要把整个春天搬来送给你

我种了一树桃花，在前方孤独的道路上

她将占据我多长的白昼和黑夜，多少个来年春天
我想，花朵不该盛装唐朝的红

在这个雨夜，我不能入睡。她还在开
还在为寻找一间草舍的胸怀，忘了花期
我要为她紧握苦难。紧握最后一瓶少女的芳香

我感觉到她的冷，她扬花孕穗的叫声正被砍伐
没有人来证明心的碎裂。这里找不到答案
找不到了

爱，远离了我吧

四

请卸下我秋天的忧伤
卸下我蝴蝶的华彩，你的追魂刀。以便对我所知道的
曾经的曾经用名词来描绘。我真的移交于秋天了

偏爱我的季节走了。它留下我
留下林间泥泞的小路，留下深不可及的缄默
贯穿我的心。我什么也不想说，不想

我看见一切都迅速离去。我看见
人们相遇，相爱，绝望和死亡。在一小时之内

留下一望无垠的贫瘠

我惊恐于接近我自己，接近这个季节的
空无一人

五

那些鹰群，消瘦地穿行于我的诗句
穿行于我不断渴望又不断落空的旅程。
它们划过我的深潭，村庄和小屋
升起，落下

一声过后，音讯全无
它们看来像是一些荒谬，在一片茫茫青色里
你会感到一种类似崇高的东西，类似他们对一首梦谣的解说

我饮茶于纸窗瓦屋之下
为这无限江山铺开乐典，铺开我们年轻时写的小诗
布满鹰的怀念，布满爱的嘴唇

飞行的影子，如此生动逼真。我不能超越它了
不能在它之前消逝，同时远离虚构
远离母亲一样宽阔的村庄。那些爱恋中的红蜻蜓

六

我已经厌倦了，唯一的天真
当我们老了，朝着土壤弯腰时。我是否还在延续
还在用迷迭香，用宽叶薰衣草书写我们的历史

青铜色的银器佩戴在我的手上，耳廓上，我的胸口上
回忆啊，每一朵花都在奔跑，在我面前发出锈蚀的烈焰
为什么我总是留恋我骨上的苍茫。一道灰白头发的前额

我已经不知道几百里之外的故乡
有那么一个下午。有那么多人，走了

世界怎么这样的空荡啊，我要等风月坠下来
我才打开空门。抱它回家，抱回它天上的一日
我不怕你们说，它是古人的

假如我必须爱

假如我必须爱
像光和影子，融合
那，我在这里
等待，一切影
仰望，一切光
我必得张大眼睛，生生不已
直到我们，四目相对
清净。无力。无身

她像呆鸟一样东张西望

她像呆鸟一样东张西望
数那些红松
腐烂的木桩，研究昆虫或者植物
她突然在一棵古杉面前停住
眯着眼说：我活过

那只长翅歌雀
在野花的爆裂声中，飘起长裙
它每一天都在呼唤
使词语成为巨人，成为一个惊叹号
成为它纵情恋爱的理由
它也许想到了我
想起昨天刚被犁耙犁过的来凤坡
桃花开得特别红。想起被遗忘的
所有的英雄

到处闲荡的牛犊。爱情

绿茵

来吧，把我拉回到往古的风中
你看这盛唐的裙裾。干净得正好
当风吹来，我会想起一点点悠闲的款式
适合一个春末的黄昏
看桂溪河短柳的腰肢

太阳落地的声响，似近似远
我们坐在润湿的草地上，且不起来

这果实巨大的秋天

这果实巨大的秋天。叫我如何消受
我在前面拐了一个弯
把十万亩果园，留在身后
留在人间……

这又有什么用啊。亲人
一旦想起你，我的神色便转为忧伤
转为那片苹果林轻轻泛起的叹息

这叹息就在我的旁边，又仿佛很远很远的
不真实的一片红里，裹着我们
单纯，愉快的喁语
安卧在秋阳里

仁爱荒野剧场

坐在仁爱荒野剧场
漫长无尽的时光被人们翻出来
太阳照着我，也照着
曾经的仁爱医院
金汤门，百年旧古城门。还在
弃土掩埋的
地下室、隐秘地道，还在
我们在那棵巨大的树下，喝咖啡
舟子说，应该有几十年树龄了
泡桐树，废墟的一部分
它替代废墟活着
一朵泡桐花，随风飘下
仿佛曾经的女子，荆布淡妆，从我身边
倬约飘过

我葡萄园的故乡

一

我葡萄园的故乡
长满微不足道的忧虑，长满秋蝉的嘶鸣
它们驻进我身体的某个地方

杉树的果子，在微风中沙沙作响
哦，请予我这样的爱
如此饱满，如此庄严

清凉幽深的山谷，那些野草为我而设
我用树枝写下：吾为王时

二

太阳已经远离
一只鹰从老君寺的山崖飞出

一切都伴随着同来

孤独，我突然对它满怀羡慕
只有遥远的钟声，在父亲那边
绕一道果实的裂痕盘旋

那些杜鹃花，我从它们身旁经过时
它们就原地枯萎了
而我，在到达这个可怕的词之前
还将赶路
还将在餐桌的主位接纳我的秋天

三

今年的秋天与去年的秋天
多么不同
那与世隔绝的山区，镶着金色滚边的谷穗
风吹过衣袂，稻香就叮当作响
我在火焰中感到它
这季节最出色的声音，气吞山河

收割，这两个字是多么的兴味盎然
从同一棵树上摘下太多的穗子
熟透的风度
我在这里学会田野的彬彬有礼，学会拥抱

一个乔装的王子，他忘了，我也忘了
我弯腰拾起镰刀的一瞬，我的爱情
遍野铺金

四

山楂林，红玛瑙似的果子
悬在空中
你啊，你要堕落就立刻堕落吧
不必为时间已晚致歉
风景十分迷人，我看见了
蝈蝈弹唱，清风习习

我将到世界的那个地方去
透过一丝玛瑙的微光，行囊里装满稻草人
它微小的抚摸，淡淡的悲伤
我不能出卖了
常来的旧客，将空手而归

五

接下来的夜晚
不必与月亮一起试探我
我爱，我们何不在此过夜，与荒野的小羊一起
在秋的华盖下，暗自品味快乐
哦！别告诉他们

我承认我卑怯而殷情，只有霜叶如醉
才让我感动

《绣荷包》的羽调，从果实深处涌出来
这荷包多么小，这旋律多么轻
那些星星，就落在我脚下，落下了，落得那么慢
我握住它，有一些暖
有一些完美和空洞

六

月光照耀的道路上
我触到一种软
梦境般的疲倦，在森林的空地流淌
进入细枝末节
激情，少眠，也许是皱纹，也许是虚荣

风顺一条小径向下通往山谷
潮湿的石头，月光覆盖
有些可以书写的东西，比如风，比如柔和
那首寂静的田园诗，将腐坏的落叶推开
月亮不断涌现

七

暗夜的舞者，开始她第一次吟唱
像火山溶岩一样喷涌

粉红色的脚趾在林里奔跑
在想象中四溢

帝国风格的绸缎成为必需
这样的辰光，这样的地方
其他季节都是虚构
赞美还将继续，年年如此

水墨之歌

一

美仁大草原。水墨的光芒
野花在微风中，摆放在留白处
狼毒花以朱砂笔触——刺破宣纸
红，在草甸洇开
你仔细观察它，许多小小的花
精致、有毒。风掠过，无数细小的蕊
正用毒液编织生活
少女提着红花绿绒蒿向我们走来
瓣小而多，一团团绒毛

云絮落在格桑花瓣上
露水从叶片里，析出少女的耳语
你开始舞蹈
收割青稞的手势凝固成飞白
你把墨块嚼碎在齿间

你站在草原的装裱框外
藏袍旋起舞蹈

我从你的舞蹈中获得
最后一丝笔触

二

鸟喙衔来的发丝在第六根枝桠分叉处
谁的长发，被它们拥有，编织
草枝、树叶和羽毛、软绵的物品
我羡慕这温暖的氛围
天然的伪装。这巢，怎么逃过
人类的瞳孔——它最大的敌人
一只小兔子跳来跳去，它的灰耳朵
在草浪深处竖起
它用耳朵丈量恐惧的半径
它把自己缩小成草甸上的斑点
心跳声与草根的生长
达成一致
它谅解了，来自捕食者的精神奴役

挖掘地道的旱獭
在扩大自己的领土。我对它充满好奇
鸟类，正在它的地道筑巢

三

那阳光下的牦牛，毛发浓密
它们的眼睛，星轨正从瞳仁里缓慢长出
它们的蹄子踩在地面
有节奏的声响
它们把草原的暗夜卷进胃里
每个皱胃都豢养着，许多小星星
那些未被消耗的光
正在肋骨间形成，奔跑的力量

它们向你走来，你只听到
风滚草在它们身下解体
你的马头琴咽下最后一段复调
奏响一首美妙的乐曲。简单、感人
风格古老而自由

飞歌的部分，群牛从山野向远处喊
呢喃的部分
是草原刚写的
一封情书

四

它们站在高处，沉默
只有草籽在反刍声中裂变

蹄印凹陷处
正以每年三毫米的速度
将自己长成，新的食物
哦，从远处走来那些未被驯服的
哦，从远处走来惊起雷神箭簇的
它们在暴风中奔跑
鬃毛里孵出不羁的诗歌

总有骨头变成精美的吊坠、耳环
行走的符号
它们回到俗世的街道，走廊，大厅
雄性的大号喇叭牛角
犹如此时，被他吹响

五

只要我愿意，群马瞬间来到
它是肉体的分离，马的方向和速度
由我的思想决定。感性的个体
有时候它们是一幅静物画。脸部、眼睛
不知道来自真实世界，还是想象
和一棵树成为风景。为什么
我感受到浮华
难道，它长睫毛下的草原太辽阔
大量的绿色。成为色情和神话

或许，我没有掌握真正的光与影
与潮流和规矩格格不入
又或许，因为愤怒、混乱、冲突太久
对平静的理解我产生了偏差
那个打马出行的人
在风景远处消失
他对天空挥舞着马鞭，马鞭的脆响
落在我的心上。这似乎才是真实的疼痛

疼痛在空中，成为一种形状
那是奔跑的形状
更多的时候是安静。成为雕塑
在去往草原的路途

六

时而落地，时而腾空
我的影子正被马蹄
一寸寸踩成虚无。而，羊群走在你身边
宁静
我乳白色的诗句
俯身时草尖也可以将它戳破
那群点燃旷野的人，在篝火边
笑声飞扬，像经幡在风中飘
美人们，在跳舞

她们的发辫里游出银鱼，新娘耳垂的
珊瑚坠正被风，吹成彩带

枣红马跃过祭火时，我的心随
长袖藏袍的你，摇摆
落日突然把山脉压扁
红蓝色的底色，填满了格桑花
我心中的欲望，被草木覆盖

七

我触摸到唐卡的沉默
布匹的深处，一粒朱砂
正缓慢凝结成莲花
每一张都完满自足，每一张都安静自持
他们用它来表现神
羊毛笔、铁针、竹签

我羡慕那天然的矿石，植物的用料
钴蓝与孔雀石在黎明前私语
研磨钵中，碎屑星辰
顺着笔尖游入菩萨的指尖
比金莲花，芍药花更柔
酥油灯晃动时，那些线条便活了
那朱砂穿过曼陀罗

将阴影钉在褪色的花瓣

画师们几个月、几年，在这里
度过。我知道
有人用半生测度一尊跏趺坐
直到指纹与唐喀的线条
都爬满醇厚的包浆
最明亮的空白始终画着云朵

在卷起丝绸的刹那，忽然
抖落一地格桑花
此时，酥油灯挑破旭日
朱砂沿着金线
一尾红鲤游入绿松石的脚背
驮着整座须弥山
向我游来

八

一只绣鹿，踱步于草原之上
它在布面上跳跃、流淌
仿佛在亚麻织就的虚空中游牧
金线与银丝编织的蹄印
正以诗的韵律刺破时间的哀伤
游动的纹样

它并非穿越草原，而是草原本身
正在用兽形的嘴唇呼吸
经幡与经卷的夹层处
刺绣的尖针，正在
缝合，现实与梦境的蚕丝
它走在草原上，离我不远不近

请春天去请它，让春风传递
我的邀约
我想取下飘在它鹿角上的花瓣
那些散落的针脚
便在嘉陵江中重新凝结成角
我会永远珍藏，那柔软
珍藏你回眸的眼光
那么安静，安静得像花心

看着你，我就看见
无数个自己正沿着针孔
走进爱的深处

九

画师指尖拂落手指的碎屑
玛瑙钵中研磨的羽毛
突然凝固成，两只在天空飞翔的鹰

如一对爱人在高空
它们的线条顺畅而虚无
始终悬着半句梵咒
我借助羽毛得以飞翔
通过它们，看到被云影覆盖的小径
鹳鸟正用长喙挑破经幡
牦牛舔舐着它的伤口
有人正沿玛尼堆顺时针方向绕行
有人给六字真言上色
有人把指南针埋进旱獭废弃的甬道
而，此时

一个人在寻找另外一个人
一尊尚未显形的度母

珍珠碎

九月的风，它们经过那桂花
花香，一碰即碎。你无法听见花的忧伤

我很想模仿一些姿势
从头发、手臂、嘴唇、眼睛，长出容光的叶子
并开花。
只为你，亲爱的

有东西叫这花死得，又慢又苦
你叫它季节，我叫它爱情

林语

那么多山茶花，在剩下的冬日里开放
我属于你最纯净的那朵红
那朵尊严
我的田畦，种满豆角、葱白、木槿子
它甚至等了一整个世纪的稻谷和水，为另一个人
带去粮食，带去百年虚空
那些生长的低音，面对深冬
略带矫情

直到现在，有时也还会听见
有一朵，嘤嘤起飞

他们猜不到我的幸福

那些孤独在林中流淌，女人们
开始种植桃树
她们脸无血色，真叫人难以置信
你的身影飘窗而过，我开始变得匆忙
今天，我打算慷慨一下

我要去江边烧起一堆篝火
打折桃花十数枝
我要这样的待你，在沿江的路上
用生疏的指法，抖满花蕾
像所有寂寞的少年一样
在风中，穿着羽缎，饱含热泪
静候春天的光临

深夜，南山听长恨歌

山顶那所学校里的教授青年
总爱敲死人的骨头
把连理枝，比翼鸟，拿出来说事
好像这对古人照亮了他们一生

黑色的天空，悬挂着不少白色的风筝
我从南山回来
在一场词语的盛宴，打了点包
决定将就着给你写诗
照他们的意思是
既然爱上了就要爱到底

鬼知道是怎么回事
你什么时候听我缓慢的赞美
一只手，一张脸，一双眼
每次见面，我们都急疯了，差点把对方撕碎
差点把已故帝王的陵墓打开
我们常常大半夜与鬼魂为伍
说得最多的：不需要光

水边人远

我已经一天天
一星期又一星期地失眠
只为春天的一截恩情，一枝红柳
从此告了结束

一下午的嘈杂人声，已经沉下来
今晚，我的寂寞在更高处
她看起来依然纤手，大袖翩翩
这些本来不值一提
如同我很少对你提起，我远处的故乡
总有一块石头
散发出，我孤独的新词
它们将和我一起，成为诗歌的图案
而你，总能识破这一切
识破我的心啊

云生其下，相思辽阔

曲有误

曲有误啊，公瑾。来点风，懒懒地吹
你左眼皮往上一扬的姿势，腰挂宝剑
云收雨住
我会悄悄地瞟上一眼
八面埋伏，混着青巾白袍，虚扎营寨

我爱，取我刀来，我要统兵三千
我不能说出那些思念
不能说出，我想你了。想那些被江水冲刷千年的苦啊
在暗夜的江火中，口含铜弦
我两臂高高举过头顶，合上双眼

我今偷生而来，乘着风月，放养马匹
只等一个宿醉未消的清晨，
直取西川

田野很美

这里的田野很美。像明月，玉珍珠，爱情
雨水中的麦田很安静
像倒伏而逝的祖父，我拼了全身的力气
也扶不动

你就是我没有听过的风声

我的唇正被流放
太阳落山，月亮升起之时
我听到两粒麦子的亲吻
我羡慕它们呼吸的空气，它们喝的阳光
我握住了，每一株麦苗的光源
它绿色的腰肢。是大片的绿

我要在安顺桥，草金路
在口红，高跟鞋，在我想得到的地方
种上那些细腰
如果有可能，我会让一群麦子在天上飞
惊扰荒凉百年的粮仓
我们在风中面面相对。与你面面相对

你就是我没有听过的风声
这美。疯狂

哦，今夜

飞鸟和人类的暗疾都已消失
树木在炽热中鸣响
诗篇在我们的皱纹中疾驰
哦，今夜，我获得了词语的童贞
我忘记了他们沙哑的声音
我忘记了虚假的预言
他们：滚！滚！
我们赤裸着身体，在月光下
生长，颤动
他们看到肉体和生命，看到最幼的孩子

他白色的皮毛
就像音乐从提琴里涌出
雪的光芒

织就时光的巍山扎染

一　麻

我看到的不是一张扎染的麻布
是山坡上，他的背影
此刻苎麻叶下面长满了
白色的毡毛。叶片如他粗糙的手。棉毛
松软的垂挂，它雌雄同株的身体
他的歌声在风中，沉稳、清晰而宁静
球形的果实，无声地生长
在疏松肥沃的大地，它们壮观的铺开
密被的长柔毛，将他包裹
找不到他的日子，恐惧将占据我
我将面对整个乡村的空荡，板栗的壳斗
裂开的锐刺
它们落下来打中我的额头
夏天，乡场上，他们打开的布匹不是我的
那些呈心形的叶片的剪刀，咔嚓咔嚓
在一张麻布上游走。《诗经》那个在河边

101

洗麻的少女，不是我

我在和一片麻叶倾诉。而
那鲜叶的糕团，唇齿间的清香，是我的
繁茂的根系下蚯蚓的私语，落叶下的水流
那，漫天的星斗，硕大的月亮
辽阔的水面
鱼的气息。我正在接受山川盘问
那些肥硕的女人
我一株麻叶上的故乡，她们的身体像毛茸茸的小花
如此轻柔
我渴慕，她肥大而白的手指
一捆捆把麻抱回了家
她在一张麻床上，把自己织成一张布匹
她在夜色里静静的沉默
而，面对丰收，她为什么悲伤

二　线

一抬头，她开始浆线了
她在大盆里用面兑水，搅成稀浆糊
把麻线放进去来回揉搓，湿透
拧干、抖开。像拧干半辈子的光阴
她的坐骑
大山里奔跑的豹子，豹皮像王的遗像

可以命令一条江河后退

古楼上战争的刀痕，是为王的尊严

还是为美

她把浆过的麻线穿在竹竿上，摊开

如瀑布一样挂起来。我现在相信

水的声音，不来自于水

那飘荡的声音，夸张、奇幻而充满香味

草木的诗句，《诗经》里的露珠

孟浩然的开轩面场圃。水

顶风冒雪而来的人，他们围着瀑布跳舞

他们的服饰上铺满云彩，他们的眼睛

那种明亮，那种干净

渴望，如我的相思。只是，她总能够柔顺

而我，真的，一团乱麻了

我的相思

成为我一生的疾病，久久不歇

在一坡坡麻的山丘，百鸟归巢的息声

在一根麻线的那头。发出轻轻的

鼾声

忧伤的线头在夜幕里……起伏

三 织

我在梦中听见隔壁，传来老式织布机的

咔咔声。我把耳朵紧贴在土墙上

像一个偷听者

听到《木兰辞》里的叹息

那叹息，将棉线变成了金戈铁马

战争像死亡的太阳

动物和植物的尸体正抱着大地腐烂

城市缩着身子，仅仅是躲避

无人机的翅膀

最后一株麻草像子弹一样弹过来

它将土墙打开一个洞

我穿过土墙，女子正端坐在织布机前

双脚在踏板间上下交替

织布的女人

她的鼻尖冒着热汗

轮换着机杼和梭子，这，翻飞的双手

与蝴蝶不同

与蝴蝶又没有两样。它们

在七彩的纱线上跳舞，嬉戏追逐

如绽放的岁月

曾经的爱，古朴、鲜艳、流动

她一生的秘密，在纺车、纱轮、棉线

在梭子、线拐里

重复的忠诚，深渊一样的玫瑰

果实累累而贫瘠的山岗。哦。豹子

印在她腹部上的蹄印，前爪抚摸过的山丘

她把它们织在一张布里

布一厘一厘地增长，布一尺尺增长

她由青丝变为白头

麻布上的皱纹多像她的额头

为什么一张布

可以裹住一个人的青春，燃烧的四肢

她把自己的白发织进去

清晰的纹路，玫瑰的图案

只留了一双眼睛等我，为什么是我

这个把身体安放在异乡的人

在此，与她邂逅

四　捆扎

他在一张大案上捆扎花朵。这

花朵，不应该由女人们去完成的吗？

不应该是她们细小的手指，在一张小木桌边

亮开诗的面容，待嫁的深情

催开一张巨大的白布。在上面捆扎

白鹤，莲子和喜鹊，她捆扎

柔情和欢愉。不是应该是她自淡及浓

自疏而密，自生而死

扎好自己的嫁衣和寿衣

他抬起头说

"她们不行，她们力气太小，捆扎不了"

我疑惑，一朵花，需要多大的力气

才能开放

需要多少花香，才能填满江河

需要多少勇气才能打败时间

一朵花要多少胆量，才能成为一张麻布上的

水墨。多么大的壮丽啊

她们日复一日，在织布机上穿梭往返

她们把最美的事物留给了他们

只等他们

为她们捆扎出蝴蝶、飞鸟、花朵和虫鸣

我的思绪是遗憾、理解、纠结

似乎听到麻布发出喊声，一张水墨晕出了时空

唉。从来没有单独完成的事物，也

从来没有真正的孤独

五　缝扎

她在一张长五米，宽五米的布料上

用单针、双针、单梅花、双梅花、串梅花

蜂子花、豌豆

给我扎结出了山丘，我消耗过的爱情

远方的密林，我捧在手里

我在里面找到浓缩了我。她的体香让我走进旷野

苍山的雷声滚滚而来

为我深夜缝扎嫁衣的女子，我要谢谢你

为了这身衣服，我要一嫁再嫁，一娶再娶

穿上新衣，与雷神同往

春天的夜晚，伴随着大雨、闪电、风

洱海的波涛在晚霞里翻滚

什么正在海里升起

身披嫁衣的鱼群，鱼贯而出

我对它们了解得太少太少

它们的喜怒哀乐，它们的裙摆为谁摆动

它们的嘴唇为谁冰冷

可，为什么它们穿上与我一样的新衣

在海面起舞，海面上盛开的花瓣

少女的肩膀，流动的身体

那上升的力量，还有什么？

正在为这嫁衣，这嫁衣上的江山

而来，还有什么？

赶在雷鸣停止之时。在涛声中

把自己嫁向远方

六　染

花朵如拉长的挂钟

挂钟的边缘五个裂片，像五个嘴唇

吐出植物的蓝

染缸巨大，可以把 99 个我染成蓝色

苍白、孤独、虚荣、骄傲的我

黯淡的我，染了又染

他们的姿势多样

蜡染、夹染、套染、拔染、喷染、绳染、浸染

我已说不清楚，是什么。只知道此时

蓝。天空飘着蓝鸟，它蓝色的身体

它们唱着蓝色的歌曲

铺出一条成圣之路。而我，掉进蓝色的梦里

整洁的万物，麻布的舒适

让我摆脱无知，无力和虚荣

有人瞬间爱上，本质之外的事物

那染了又染的生命

这染料来自于草木之心

水冬瓜、黑头草、水马桑、麻栗壳

它们保护着我藏起来的词语

强韧，柔细的尖刺

只是此时，那个拿大棍的人，在染缸里搅动

有韵律的声音敲打着缸壁，他说，从这缸里起身的

绝不会有相同的两朵花

我孤身浮起，面带蓝色的微笑

以前我只知道大理的、自贡的扎染

今天我才知道巍山的扎染

悠久。传承。从不间断

正如，他只看到她腹部蓝色的文身

如蓝色的坟茔

却不知道……花朵大，枝条密

七　绣

在南诏新村，他们戴着如云的花帽

在清香木下围着篝火跳舞

蝴蝶的托肩，那沉静，我没法视而不见

鸳鸯的衣襟和袖口，对鸣，私语

拉绣的腰带，急流的披风

裙边上羊脂玉的玫瑰，腾起了银针的暗香

这暗香，柔软细腻，我深吸了几口

发现自己竟这样善变。瞬间

我爱上舞蹈中的英雄，英雄中的英雄

让我忘却，我又老，又小，又忧伤

我是无法拥有晴天的人

那些在台上走着模特步，盛装的美人

刺绣的马缨花，花枝上的喜鹊

对我叽叽喳喳

"不必为异乡忘记了故乡

不必为新人忘记旧人。"

我没有办法不听

为什么，快乐如此匆忙，相思如此长久

我如一个眼盲的老人

手摸那针线包、香囊

心里默念，我还有蚊帐

需要绣。花草、树木和种子，需要绣

还有山、水、雷、电，需要绣

还有麻衣孝服，需要绣

我还有一首墓志铭，需要绣
那些自由的针脚啊

空山

那些飞进空山的鸟。消失了
那些踏进空山的人。消失了
那些水神、酒神、谷神、云师、风伯、雨师
走进空山就消失了
我蹚过小桥，齐膝的荒草
我也消失了

只有祖母在找我，着急地找
一棵树挨着一棵树找她
挖开那些土堆，密密麻麻的坟墓
喃喃自语，"这么好的孩子
这么好的，消失了。"

这几天都下雨

这几天都下雨
这几天坐也不是，站也不是
这几天我把自己淋了又淋
洗了又洗
总算把一具白骨洗出来

这几天我又在白骨上画了又画
总算画了几个器官
总算画出一张人皮来

他问我为什么不皈依

没有什么大事
此生，还有最后一场欢喜，未到
此生，还有最后一次花事

还要铺开白纸，
画草本别有风情，画亲爱的
写俗不可耐的诗句
写一个爱人
接纳衣锦还乡的你，也接纳落魄的你
看风，连风声也不听
看水，连水声也不听
写一堆子女
长大一个，成婚一个
而我
在瓜棚间、豆架下坐定
再也不想起身

壬寅春日过文君井

坐在文君井边

司马相如的凤求凰，随风落下

音乐伴随我醉酒之后的迷离

一只蚂蚁

从我手背上爬过

一只瘦骨嶙峋的蚂蚁

它露出小脚丫，行履蹒跚

我捏死了它

又有一只蚂蚁，两只蚂蚁，三只蚂蚁

我捏死了它们

下午二点，雾稍散

一群寻找文君的人，身背古琴，身穿古服

从我们身边走过

他们厚重、沉静、温润

他们露出悲悯的眼神

不知道是对我

还是对蚂蚁

天下第一

那天，花楸山雾气笼罩
我们在掩映的花楸树里
看康熙御赐"天下第一圃"
几只小鸟落在"天下"那里
另外几只落在"第一"那里
它们跳来跳去
不在天下，就在第一
啄食青苔上的虫子
我再三问主人
真的是康熙写的吗
他说是
你还是小孩的时候
这几个字就有了吗？
他说是
比"天下第一"还真实

在梁湾村龙王湖

我赞美过这里的水域，它辽阔

装得下尘世的风暴

我悲欣的人生

装得下满河的小龙虾，满河的大闸蟹

满河的孩子

装得下酒醋之中的渔网

随一条鱼摇摆着游到湖心

我赞美过这里的田园

它们为食不甘味的人，长出玫瑰

爱情骤然苏醒，有人在大堤

与美人鱼对语

瓜果和蔬菜堆满林家大院，小青虫在叶片上

留宿，它汹涌的嘴唇

果实累了，它们落下来

成为水美新村，露天的布景

最新的台词

我羡慕这里的人民

拥有西江河流域，东干渠，东支十二

他们住在水草肥美的地方

偶尔可以，让爱小歇一会

他们是真伤心

参加同学奶奶的葬礼。96 岁身故
请了做丧事的
所有程序都在主管指挥下进行
他突然对同学大喊一声：孝子贤孙哭
他与我对视了一下，忍不住放声大笑
只有那些做丧事的
喉咙嘶哑，眼带泪珠
哭得那么沉重。那么悲情
他们是真伤心

春天真的要来了

南山的梅花，说碎就碎了
那只乌鸦站在梅枝上，像枝上的一个死结
它不叫，它一叫就情深

过于安静。只听到捡起花瓣的声音
花瓣在她孤独的掌茧里，掩埋的声音

这意味着一年最后的时光，握不住了
这意着，春天真的要来了

壬寅春访老君山

胸怀四海的人，都出门了
只有那个老人
寂寞的双眼，在长满野草的废墟
与一只土狗一起出没
他总是重复："有什么意义呢？"
他有时感冒，并不吃药
扯几把薄荷、牛蒡子、桑叶
在残腐的灶台边
有时候他发出狗一样的吼声
锅里的药水随吼声沸腾起来
石阶和墙垣的杂草长了又长
这个瘦如柴的人，我的小学老师
在老君山，被鸟兽探访
对他的那些学生，很信过一阵子
对他的世界
很信过一阵子

端午节走在茅台镇

屈原醉了，李白醉了，苏东坡醉了，书生醉了
这里装得下天下之醉

我们在茅台镇走啊走啊，终于找到几个不醉的人
那是制酒的雕塑，几个肩扛谷物的人

我穿着隐身衣，在镇远行走

他们都看不到我
感觉自己欢喜得像一个自由人
穿过那群满身白银的侗族女子
她们的银饰是良工监制的
容颜如那，我喜欢多年的叹词
我摘下一个个香包，里面银铃响动
我高兴极了，如获至宝
又摘下许多银片，我暗自得意
"他们看不到我，看不到我。"
过义路，礼门，炎帝宫
上祝圣桥，我把"河山柱石"几个大字
颠来倒去
时而向左，时而向右
我把自己当成伟人
所过之处，万物分向两边
成为通道
我来到青龙洞的门口
香炉安静了

刚装一个在我的乾坤袋里

你向我走来，对我"叱"了一声

瞬间，我显出人形

瞬间，我衣冠端正

我高攀了这个姓氏

那个在苍茫中，执壶的红衣僧
踏风而行。我心里的枫叶落了又落

那个与壶盖、壶身说密语的美人
她多像一首好诗

这个秋天，与一把潘壶一起度过
我和这把壶有一些亲缘。我的祖母姓潘

我高攀上这个姓氏，那个带着潘壶来的人
我愿意和他说上，一壶茶的时光

就这样，在一壶茶中
度过了我的一生

生于秋天

秋风从我身边走过
每一片落叶，都可以代表我的生日
那个扫地的人
把落叶扫进垃圾车

他推着垃圾车，很快就装满了
我吃惊于，他就这样
安顿了我

同居

在合肥，一个漫长的春夜

我和安琪，谈起画

我在狭小的房间

两眼发光，急速的走来走去

重复着说，"为什么，我这么厉害？"

此时，她是一个激动的倾听者

我们停止了交流

这个夜晚，她的小眼睛

已经闭上

如此安静

仿佛我们从未说过什么

仿佛万物已经死去

我举起两根手指，试探她的鼻息

终于放下了心

她还活着

这个人和她的词语还活着

在水街漫步

如此多空竹椅

我们坐下，不再谈到艺术和诗

秋天已经结束

漫长的冬季刚刚开始

昔日冷清的铁像寺

藏不下的繁华

那些尼姑们

她们的容颜象迷宫

在深墙内

让我想念

我随一支香烛入定

又随几个跳坝坝舞的人

回到人间

余生很长

一切都慢下来
我不再每天画画、写诗

制造垃圾
更多的时候，我喝茶
盘腿打坐
想念那些与我无关的人
喜欢不在同一个频道的交流
就好像和树木说话
告诉它一切
不分对错

我以为

看到露珠，你也看到了
每当我坐在天地间，像一个闲人，莫名的愉悦
就以为，你也一样

我为我的梦写了一首诗。我懂了
就以为，你也懂了

表达欠佳

那些漆黑之夜，我们吆喝
祈雨、消灾、祭祀、丧礼、放炮仗
有时候，我们也一言不发
如同冬眠的蛇
在黑夜里。直到春天的到来
我们写诗赞美万物
黄花梨大床上浮雕的花鸟纹
用卷尺细量桃花的骨朵
我们赞美的方式，像极了一段深情
有时候笔力疲沓，表达欠佳
像用旧的口罩
被过滤、屏蔽、绝热、吸油
试图记录这几年的山水、人物
写出的却是气体、气味、飞沫

虫兽苏醒

春天，真的来了
人群如放出去的风筝
苏醒的虫兽
在桂溪河，城南村
青石板上坐着我的祖父
干净的长褂，他执鱼竿
往河水里撒桃花
大鱼安静地躺着，一动不动
小鱼，总是挺不过诱惑
在鱼篓里变得安顺
酸菜鱼的香味
亲人的炊烟，让人心怀感恩

我知道，有一些事物失去了生命
有一些事物还活着
只等，新的桃花
悉数的打在它们身上

美而不自知

暴露于荒野的事物

美而不自知。常常让人有前世来过

有过古老的情谊

种下过春心的想法

他们吃着啤酒鸭，白切鸡，开心果

就此而卧

或者，跑到绝壁上拍摄

细小的水丝

或者在草木中奔跑，化身为小鸟

仿佛春天是他们的药引

而她把风筝抛向空中

大声叫喊，风筝会把她带到天上

他从山上免费摘取野棉花

折断一株，或者更多

寄生

两只小眼睛，从花骨朵里露出
简单而奇特的眼睛，迷幻
一只不知名的小虫，寄居于此
它让一朵牡丹变得生动
让我称颂草木之心的时候，有那么一点不安
那么一点担忧

万槽惜字库

一群手捧经卷

前往惜字库焚书的书生，多么虔诚

他们捧着，不合适

不需要，违背初衷的

他们焚烧的姿势，肩碰肩，手碰手

他们从我身边路过

把我当掉队的弃儿，邀请我焚烧

废旧的、过半的人生

他们与我四目相对

我执拗的移开

这是一个不想焚烧任何东西的人

血管里的毒素

眼睛里的沙尘，手臂里的毒刺

我得保留，人生的病句

只有这样，我才有理由爱自己

并充满悲悯

梦幻者言

高桥里的夜鸟，把我叫醒
星空下，有人抬头望月
有人坐在龙脊上，发出龙的鼾声
有人回望，如我。被鸣声笼罩

顺着声音而来的，我的爱人
驾驶一辆古老的火车
穿行在峨眉金鼎，山石与金属碰撞
坍塌之声刺耳
他拥着轰鸣之声，枯荣
一步步远离我的视野

夜鸟知道，我不用留住远去之物
它用鸣叫提示我
熟悉之物，将变为远久的陌生

蝌蚪在湖里游来游去

蝌蚪在湖里游来游去

它们自由自在

野鸭在湖里游来游去

它们自由自在

一点没有惊慌

可是，我明明看到野鸭

一口一个，一口一个地

啄食小蝌蚪

柔弱，渺小，沉默，没有尖牙的小蝌蚪

它们认命

一个事物毁于另外一个事物

它们认命

在问山湖，它们自由自在的游来游去

峨眉刺

展台上的两根峨眉刺
仿佛看到一个纵横江湖的高手
带着独门兵器，逍遥
天地间
穿。挑。拨。扎。刺
那些乱石穿空，密码和隐喻
多么像我的词语
它穿过前世和来生
挑起雷电和乌云，飞的翅膀
滚了又滚
拨出的相思，让蝴蝶流泪
它有一些扎心的壮志
凌云的姿态
更多时候，它就是一根峨眉刺

木简

刻满诗的木简从山脚挂到山顶
阅读每一个木简，约等于
和每一个诗人打招呼

从楸上民宿爬上楸上竹斋，约等于
读了每一位诗人

白衣女子赠我邛酒
美人，你才是一首诗

你不用刻在木简上
你是唯一
不会被遗忘的，那句抒情

项链

母亲戴着两条项链
一条是黑色的犀牛角
一条是盔犀鸟的头骨鹤顶红
一黑。一红
挂在日渐衰老的脖子上

它们是她最后的孤儿，很乖
从来不哭

麦粒

傍晚，读他们写的麦子

站着的，跪着的，俯卧着的，仰着的麦子

它们在一张宣纸上，满是禅意

读到一粒麦子站在饥饿的绝壁

它望着死亡，蓦然心碎

我读到一个扫地僧，他把麦粒轻轻的扫起

每扫一片，他念叨一句

仿佛超度那些亡魂

读到我的痛苦，被麦子抱在怀里

在发霉中长出发霉的诗句

香巴拉广场

这个深夜
我和娜夜在香巴拉广场散步
那个扫地的女人坐在灯光下
一动不动，如此寂静
像佛
扫走了人声喧哗
这里干净得让我感到莫名的痛楚
这痛楚
被灯光下黄色的木香花照耀

亲爱的香巴拉广场
仿佛我失散多年又找到的亲人
它容忍了两个满身灰尘的人
容忍了我们
散落在广场上的病句

洮砚

甘肃民族师范学院，阿信的图书馆

看到许多洮砚

双色天女撒花砚，二龙戏珠砚，硕果砚

那么多

它们安静的呆在那里

无用的呆在那里。多么的好

我的狼毫，巴望

在里面大醉一场

石色碧绿的身躯，允不允许我

与苏轼、黄庭坚、赵朴初一起赞美你

允不允许我

寄宿一晚

差点忘了

多年前，王小忠送给我一个梅花砚

他在用

今天，我对他说，您知道吗?

这是十大名砚

他说，是又怎么样啊
只要沾上墨，就黑了

卓玛啊

卓玛啊
你的甘南那么美，那么绿，那么重
那么空旷，那么宁静
我向神山的深处走去
我的诗句要献给高处之高

整个下午，那个磕长头的人，匍匐在那里
我的诗歌匍匐在那里

当周神山

站在这里，一动不动
红色的香荬蓂
把我迷倒。三两声雀鸣
再也没有距离
我是神山里，仙人们
曾经的倒影，翅膀上的风骨
是神山里，那棵不知名的树
我的存在，只为等神
从身边，飞过

凤兮

进凤凰山。谁不想邂逅一只凤凰
干一场惊天美事

没有凤凰。攒云峰下的玻璃桥
像一只凤凰
铺开长 222 米的身躯，宽 4.8 米的翅膀
邀请我们，看它 126 米的深渊

佳人们胆战，只剩心跳
恐高的人在它背上心碎
在它身下，卑微到底

几十年在鸡窝里沉浮。凌晨就打鸣
天亮就找食，我们已经忘了
高不可攀的事物

这一生，走过太多桥
只有这座桥，让我鸣叫了一下
想起了，涅槃这个事

鸣凤琴苑听琴

曲起。凤在飞行
它的眉梢尽是秋意
指尖在琴弦上发出顾盼的回响
百鸟悬在七弦的间隙
婉转起伏。风在起舞

凤的身躯在音乐里复活
它通过音乐而存在
轻薄的长羽，颈部的柔软
构成了新的凰

我和一只凤凰，各握半根琴弦
其实，我们一动不动
仅仅是琴声，让我知道

幻想和现实，是一样
有和没有是一样

直上青云

身陷人间，总是抱着天上的理想
直上青云，让人等得梨花开了又谢
一个眉眼平庸的人
红着脸，站在这里
四个大字，石刻浑厚，笔淳劲圆
隋英军再三说，"直上青云"
一定照张相，非常灵

没有照相，我这个俗人，怕到了天上
看不到梨花，一树一树的开
一树一树的落

两个住在月亮上的人

两个住在月亮上的人
正被人长久的窥视

两个住在月亮上的人
越来越感到高处的卑微

两个住在月亮上的人
一定厌倦了，仰望的目光

红灯笼

手提红灯笼的人，在十八梯
屋檐下，树叶中
那群身穿汉服的人如彩画，乐舞的场面
红色的诗句，良田美宅
他们心中的喜乐，如水墨，如绝句
在红灯笼中走动

主人给我说起灯笼
敌机飞来时的一个警句
升起一只红灯笼，敌机至渝鄂边界
升起两只红灯笼，敌机以至重庆主城
没有红灯笼
日军扔完炸弹返航

第一次知道红灯笼另外的意思
战争、侵略
今天，我手执红灯笼
一丝民族气节的红在我手中
举了又举，放了又放

草街会陶行知先生

这山谷，规模宏大
一只鸟的叫声把我惊醒
松树林，山间响起古圣寺
铜钟的回音。那是陶行知先生
掘出的一池春水
叮咚……叮咚
育才的回声，手执教鞭的人走过。如此之多
从山沟，到山外，到山顶

不能确定是什么鸟，飞过
它们的叫声如凤凰
涅槃。可以肯定，它在温暖我
如我刚刚失去的少年时代，青年时代
有人站在巨大的讲台边，人如鹤瘦
从外面看他，安祥而孤寂
他随百鸟飞起
校园里有兽鼓和草木的乐器
伴奏。满树的羽毛

飘在松针上，如一张古画的闲笔

微不足道的，却

重要的一笔

静夜

太漫长，仿佛无法消磨的时光
太安静了，只有长锋笔上的黄鼠狼
它长叫一声
让生活变成狂草
天真，愚笨，东倒西歪
如人生的迷雾，外人看不懂
自己不想去懂

我一无所知

消停的日子快了，快了
也许明天一切都不存在了
今天下午，他们说了这么多
却一副什么也不想说了的模样

但是，仿佛是真的
这个夜晚寂静得让人怀疑
万物已经死去，我一无所知

黑色的鸟

两只黑色的鸟落在花园
它们对我叫，声音飘然
一种既爱又怕的情愫

它们在极力压低笑声，在枇杷树上
利嘴如此愉快，吃掉我
沉闷的黄昏

第三只鸟飞来，开始相互吼叫
直到一只，胸前留下抓痕

有人用手，捂住，流血的伤口

不知为什么，我想加入它们的格斗
只为压低，吃吃的笑声

城南村遇

那声音在山村穿行，脚步细碎
你的青花衣裳，一手握香
香飘过，闪耀黑色光芒的木床
衰败的雕花
滚马图，斗鸡图

两只雄鸡在打斗，头颈昂起，胸颈成一直线
另一只鸡冠高耸，爪粗大，坚硬而锋利
一只败落下来，飞去

没有看客，为它们助威
只有夜晚，你的寂静

告诉我

我真的不知道，世界从我的身上
夺走了什么
想起我不再拥有……我就想永远
睡下去。在梦中度过我的余生
可是，每个夜晚
我总是被一声声狼嚎惊醒
或许，我应该和狼群在一起
风的声音向上。星星被风吹落
它曾经照亮诗的山丘，迷路的爱
照亮大地忧伤的皱纹

这一切都过去了，都过去了
天空很低，星星被雨水打得到处飞舞
我手捧北斗星流泪
我像狼一样长嚎，我像狼一样绝望
告诉我，是谁把一匹狼的灵魂
放进了我的身体

一匹狼在渴血的欲望中
……走来走去

不朽之殿

如果石像会说话就好了
我想和它谈谈我的爱人，宛如王冠的影子
我想谈阴沉之地需要快乐，而非肃穆
我想谈星星
让我跟它一起进入这黑暗之地
我想谈天空
这不存在的不朽之殿
出现植物，小动物
出现粮食，空气和阳光
出现岛。我给它命名爱情
宴席大开，弦歌不绝
红马在草丛中奔跑
他骑在马上，风一般飞驰而过。不朽之殿
我的爱人叫什么名字

他已经死去了，我亲眼所见

夜，你给我的是虚无

你给我的是虚无，因为你一无所有
有的不过是楼门的石榴花
慢慢地枯萎。被血孕育的花
曾经那么红。红得像我年轻时候的岁月
一片繁茂
像我心中的伤口，疼得快也愈合得快。美丽的红啊
我仔细观察，今天的红已经不是真正的红
它们红得愚蠢，红得有些枯萎

面对季节，我冷漠
面对枯萎，我感到说不出的愉快

我也曾有颗年轻的心

那棵树从黑色的大地长出
它裹着一层厚厚的藤蔓
年轻的心已被一层层的裹紧
仿佛生活……这严酷的桎梏
我也曾有颗年轻的心
不停的创造鲜花，太阳和人
群鸟就在我体内
我时时听到飞翔的声音

今天，它们已经不在
四周一片寂静，这会儿空无一人

鸽子花飞走了

我将我的死亡夹在《神曲》里

更深夜静的时候，我要翻一翻

但丁在花丛中穿行

像我的爱人一样亲近

他在我的尸体上撒下青铜的花瓣

用古老的语言对我讲述爱情

我终于听懂了一句：看看鸽子树开花了没有？

他拿着鸽子花走到我的面前

我不知是喜是悲

一段爱遇见另一段爱

是在乌有的国土

一个人遇见另一个人

是在死亡之后

鸽子花飞走了。鸽子树悄无声息

爱情消逝，我却不能写下一个字

爱情消逝，我却不能写下一个字

心已死亡，我却不能够闭上双眼

星辰沉默，因为还有一个人缺席

还有一个人

坐在大地的角落——抱着落下的陨石

纷扬如雪的陨石

为什么破碎的心不把太阳裹紧

为什么是一次死亡

为什么

爱情消逝，我不能够写下一个字

不能够举起灯盏……虚构新的情节

星空是一部苦难的史书

我愿意加入黑暗的队伍

把光芒送给爱着的王者

星还在闪烁

萤火虫

我在夜间散步的时候
一只萤火虫落在石榴树上
似乎是从星星上掉下来的……这小东西
诸神创造的一切都在消逝
唯独光明
在石榴花上。是热烈的词
是不愿沉默的爱人。在闪烁
他腰带上挂着燃烧之剑和黄玉
如果回到青年时代
我会画一颗火红之心，圣焰之子
我爱这一切。鲜明的色彩，华丽的衣料
以及各种游戏
他，尤其是他
我什么也没有做。我知道
光太亮会伤害我的眼睛
我生活过的世界，慢慢的暗下来
萤火虫飞走了，美在死去
我也爱这死去的……

双河客栈

这里住过古老的乡村，远山，落日
住过读书上进的书生
被美景诱惑，打了个不再中举的主意
住过达官贵人和他们的爱妃
住过昆虫，骨头与骨头熬过人间万苦

这里住过万物之灵，时光和传说
也住过金铃子

多么的幸运

请不要对一只晚归的白鸽说看透了爱情
请不要对你脚下的泉水说看透了爱情
今夜，请不要对一个幸福的人说
看透了爱情
即使只有一刹那
——这一刹那的真实。我想要
我不敢。又终亦寂然

多么的幸运，我还在好好地爱一个人
多么的幸运！我还被一个人好好的爱

太阳不会收起它的火焰
正如春天从未离开——我的美和忧伤
多么的幸运

一想到我们就要分别

一想到我们就要分别

我就无法忍住眼泪。这一夜我将睡在哪里

反正都一样

阴郁的繁星出现的时候，我将睡在哪里

桑葚林，我曾经来到你的树荫

到处都是绿叶发出的诗行

这诗行，只有风、雪、雨能够听见

可是为什么，为什么

我听到的时候对它厌烦得要命

这离别的声音。其余的一切都是寂静

砚台里的鸳鸯

两只鸳鸯脸面消瘦，鬓发苍白
它们在墨中对视，说一些暗语
谁把它们雕刻在砚台里
刻鸟的人用的是什么刀，刻出鸟的低鸣
我提起笔，站在书桌边
倾听
说的不是勤礼碑，也不是石门颂
是热切的词，无影无形的梦话
爱的清响
我坐下写字，它们在我身旁睡了
在梦里寻找——小亲人

今夜，我坐进它们的梦里
坐进一张砚台的骨头里。硬，硬得心痛
黑，黑得干净

我曾在无数的雨夜里漫步

我曾在无数的雨夜里漫步
没有哪一夜像今夜这样，我的眼泪
无缘无故地流下来
听说过有一种忘忧草
会在雨夜里生长
这世界有太多需要忘却的东西

这世界总是自有道理
爱会过去，不爱也会过去
一切都会过去

多么的奇怪

今夜，我想褪掉身上的颜色
褪成漆黑的阴影。一滴墨
我想用这滴墨写一个字
——疼
"你认识疼吗？"
分明是寂静无声的黑夜
分明又听到风吹的声音
一个人在我身边耳语
言谈多么笨拙
一条小径通往快乐谷
我没法走到那里去
我生来就与疼为伍
我得承受疼
它踏着夜的足迹，像发情的猫
发出几声怪叫
这怪叫像一枚针，钉穿了我
它比你想象的有力
它的苦难通过针尖来传递

我和疼仿佛是一对恋人
"你好！"
"你也好！"

我爱上了疼
多么奇怪的事。多么的奇怪

很想说破我的虚弱

我很想说破我的虚弱

就像我很想说破你

可是，还在车上。人生这条高速路

外面是风声，雨声

哀乐和乌鸦就在前面

必须开下去

多年的老司机

却不知，将车子开向哪里

一见到流浪的人我就很羡慕

一听到有人逝去我就感到

他的快乐

有什么悲伤可言

岁月，对你我都一样

我忍受的和你忍受的

一样多

我甚至常常想多替你忍受一些

永别就在早晚之间

我多么渴望又多么畏惧

这一刻的到来

给

一切都是好好的
放下。江河、森林和快乐
四季还在更替

生如此漫长
总算活得无冤无仇

有人终于合上了书页
合上不可捉摸之物，诗的影子
我们还会在星空。相遇

看见我的时候
一定要唱那首相遇之歌

一定用你的大喉咙歌唱
喊我亲爱的

我们曾经爱过爱情

当你看见夜，会蓦然想起我们
两匹夜行的狼。叫声性感，悦耳
试图保持平衡
却越走距离越大，越走越像
背道而驰的流星。不但喘息
不对称，就连影子，也像远方的峭壁
倾斜，模糊，惊险
好像被刀削过

当你看见夜，会蓦然想起我
爱的表情，剩下一丝沉默
我们曾经爱过爱情。可是
从来没有亲近，它，那幸福的面孔

我向神山的高处走去

卓玛啊
你的甘南那么美，那么绿，那么重
那么空旷，那么宁静
我向神山的深处走去
我的诗句要献给高处之高

整个下午，那个磕长头的人，匍匐在那里
我的诗歌匍匐在那里

在你的胃上

在你的胃上

我能够看见

化石般凝着的前世和今生，如何因相思

留下刀口

吻痕幸存下来。青翠如初

当我在重庆诵读：天在破晓，无痕的黎明

几何般清新

梦中的你，同时睡醒。鸟雀起床

它们鸣叫

多么的奇怪，这个清晨和清晨中

这么远的距离，只系了一只鸟的天子之歌

就让 2000 公里的流程全都湿润

浪花既飞到你的胃里，成为药

也溅入我的眼睛

成为热泪

我爱你

如果我在这里欣赏了 100 朵樱花
那么，我的诗歌中
一定会多出 30000 瓣花瓣
以每朵 300 瓣花瓣计算
以我的痴迷，乘以狂恋

我爱这全部的怒放。痛的所有凋零

距离

太阳的光柱需要 8 分钟左右
才能抵达地球
北极星的光
在莎士比亚时代即开始出发
而你，我在几千公里外
蓦然产生思念
你，即刻出现。在我的眼前

爱情不相信那只鸟

爱情不相信那只鸟，它一飞
就真的飞走了
永远不再回来，不但让我，而且也让那一列青山
久久地站着，念念不忘
还是天空有情，为我留下安慰

一大片辽阔的白云
隐隐作疼的无边蔚蓝

写一首诗，就在这个清晨

写一首诗，就在这个清晨
"写什么呢？"
我回答那只枝头小鸟：我要写你
而且仅有三行
所有的大雪都像寒冷的情人
我这样想的时候，它的红羽毛
火一样燃烧。亲人
谁说你是我的葬礼，你是酷热里我唯一的清凉
把我洗得如此干净
只有你的小兽，才可以大胆地污染我
它向我抬头，也向我低头
如我向你一般

离时是含苞，回来是怒放

三月，我喜欢

三月，我喜欢橘子花揉碎的味道

混和着青草的

喜欢水晶宫闲坐，看母鱼产子

而你越来越老，说着，这世界水很深

鱼下面还有成群的鱼

喜欢玉兰开得热闹，解开腰带，舒放襟怀

还说，我孤独得太久了

我喜欢在奶奶的坟头上走动

仿佛在我的坟头上走动

春天的风吹着安眠的人。那些草，在看守洞府

萱草、玉带草、吉祥草……

当然，我钟情于这里的每一株

我执着地认为

每一株，都是我的庙堂

三月，我还喜欢你抽烟的姿势

烟生四野，落来有声

我想起了，儿时玩的游戏——滚铁环、扇烟片

555，我最喜欢的牌子

亲，我不喜欢其他的月份
只有三月的花才开得更大，更多，更不满足
只有三月，才敢开败自己

缝纫

她踩着蝴蝶牌缝纫机
手指修长而细瘦，她手指不停地动
如孤独游走

长长的皮带空自旋转
蝴蝶落在她的身上
仿佛从她身上长出的蝶衣

她为一个永不在场的人缝纫
多冷的天啊

它旋转，磨掉她的牙齿和皱纹
它缝补，从没有停止过的破碎

黄昏时刻

太阳下山的时候，我就知道
它不会升起了
没有什么周而复始
春天过去，夏天过去
我的童年一去不返
我很怀疑这不知来
不知去的人生。这人生
就是百年顷刻
我的诗已经写完
每一首都觉得无趣
我的呼吸已经停止
躯壳还在，生命已逝
只有孤独
像一个永远无法安静的婴儿
我总是能够听到它
嘤嘤的哭声

春之咏

一　咏

一个咏诗的人不需要了解冬雪的消融
一个咏诗的人柔和、舒服，仿佛一条蛇
雪刚刚融化
它流动，你会把它看成历史上最古老的眼泪
或者别的
你从洞穴里往外望

三三两两的人，正离家
究竟是什么理由要离弃孩子，背井离乡
他们把这渺小的生命看得比祖国还要宝贵

你爬出来，其实可以同洞穴一起变成石头
但是，你爬出来。学着歌颂春天

二　今天是看花的日子

今天是看花的日子
不适合画画，也不适合写字

紫藤在清冷中透出禅意，那一定是法常的手笔
虞美人，这色彩，这平仄递换与起伏
是李煜在明月中的回首
风信子，可是归来的断肠人
爱情的郁金香，留也不是，去也不是

你被春天约束得服服帖帖
被一颗小刺刺伤。你还说：它真可爱

今天是看花的日子
像入了迷楼，像满山的情人
开放着战栗

三　又见梨花

昏暗的星空下，有人走过
经过你童年深深的雨夜。飘扬的炊烟
寂寞的竹林
经过你的画眉鸟。你会想起你儿时的恋人
她弯弯的眉毛

她住在梦的房檐，那片红瓦里
她久久地伫立在你的床前
像一棵梨树。很瘦，倒影在桂溪河
对你说：又见梨花

四　桃花

人总是这样
死了又活，活了又死。花总是这样

你坐在桃树上
你被热烈的感情裹挟
你艰难地背负着一身的花朵，走在这平庸的世界
有时候，你的眼泪忍不住流下来

唉……泪流满面不算有风度，要神情厌倦才行
在大路上，有没有人看到寄笺人
有没有人看到你被春风催老
他在何处

白鸟飞过。桃花飞过
只有几句难解的词牌
在人去的空荡，在暮色的鸟鸣中说一声

相思近了

五　柳

一个"柳"字

让你想起贺知章，李商隐，丰子恺

二月的剪刀是一个毫无邪念的婴儿

他不睡觉，到处剪

你有足够的理由相信，春天与剪刀有关

或许会剪掉一些疑问句

你什么也不后悔吗？

你什么也不向往吗？

你什么也不爱吗？

或许会剪掉一些字：啊。哦。嗯。唉

你躺在温泉池里，柳在水中舞蹈

一忽儿近了。一忽儿远了

你突然觉得柳才是才子佳人，旧日风度

你折下柳枝

你一手拿着柳枝，一手捉住浴袍

你确实知道你是被爱着的

六　你背靠着樱桃

明亮的下午，你背靠着樱桃

风吹来，一朵花在翻身。无数朵花在翻身

你看到花蕊，小小的花蕊
好似远古的键盘。新的乐器

洒下春之曲。在层层的白之间，季节的分量
白蝴蝶……大一点儿，再大一点儿
有声音，有色彩的世界
是来寻我们的。是来……复看春风

我惊奇地等你，先自微笑
筹备春天的节目，列出来宾的清单
花神。酒神。女英雄。光明的使者。我的爱人
你无疑知道雨水，小草……青青的果实
变成黄金。一种燃烧的激情，照得
这个下午
比上午还要明亮

照得樱桃，将心事、情事、国事
忘却一遍

七　小草

春天，难道不说到小草
一眨眼，它就征服了这个世界
绿，比绿还绿的绿啊，真绿
新的绿

你被力量包裹，被绿包裹，被爱包裹
它不是来访者，也不是遗忘者
是你内在的东西……善
对。对。对。你愿意它改名为"善"

满山满坡的善啊
它为你打开一扇门
让你听见它的说话声，叹息声
它还发出歌唱的声音，如同小鸟。美的音色
善就在你的体内
仿佛诗人的心灵匍匐在大地

是绿，是比绿还绿的绿啊，是真绿

八　花朵在春天里奔跑

花朵在春天里奔跑
一群人在春天里奔跑
一次比一次忠诚的人在爱情里奔跑

一只猫似跑非跑，一只瘦瘦的白猫
一只眼睛瞧着地上
一只眼睛忘了前方
它紧张不安，仿佛被自己追赶，它在不远处

你唤它，它扭身就逃进桃林
你想说：我是好人啊

桃花发出簌簌声，轻微的喵喵声
这奔跑者的世界
你们能谈些什么呢?

九　你坐在春天里，一动不动

你坐在春天里，一动不动
蜜蜂飞来飞去，有一只飞进你的怀里

你们坐在那里一动不动
嘘，你的怀中有一只蜜蜂
它发出嗡嗡的声音。你独自握住这音乐

瞬间，你睡着了。等你醒来
怀中已经……空空

十　已经没有一颗春天的词语

除了这苍老的手
已经没有一颗春天的词语
牡丹，小妖精。迎春花，小怨妇
你们太失礼，太不成话。尤其是对一个女人
玉兰花，能不能够开得慈悲点

开得不要像爱情——逼人的光芒

十一　春风

春风从日出吹到深夜
春风给每个小虫子任务
春风中的蝴蝶最迷离
春风只为爱情而忙，春风把你裹在麦苗里
长久地站着不动，闭着眼，一声不出
像一棵麦苗
让你进入一个抽象的世界：飞鸟，果实，亲吻
喜鹊的嗓音，从尘埃中响起

你爱上了自己
你忍不住赞叹：好美
你不停地讲到春天。花朵
这不可言说的世界，给你带来得意与狂喜

只是你打开新闻，他们谈到雾霾
一种暗淡，荒谬
一下子让你充满敌意，并万念俱灰

十二　春夜

这样的夜晚你不可以说话。不可以揣度

激情。泪水。皱纹。白发。孤寂
有时候，你是少眠的
少眠的时候，可以听花开拍打房瓦的声音
滴答……滴答……不是桃花
是泡桐花
它的吹奏可以改变我们的享乐方式

你只需要捡几朵花，就可以找到知己

他或许出生在上一个世纪
在一首词中出现
几处垂柳，有马，有惜花词

十三　春雨

春天，整个世界因为春雨而热闹

春雨淋湿了诗人的心情，田野的冠饰
它有时候消极悲观，仿佛唱着人生无百岁，百岁复几何
它有时候满是欢愉，仿佛香水师
需要太多的花朵。1朵……2朵……3朵

春天的幽香，被春雨搅拌
春雨的响声和花瓣的响声混在一起
花瓣的响声和大地的响声混在一起

大地的响声和一个诗人的响声混在一起

你充满了欲望。啊。爱人
你得收拾好一身的春雨，一身的花香
一生的爱

它就是毁灭者

十四　那只小鸟，死了

那只小鸟，死了
你要把它藏起来。这深更半夜
藏在哪里呢
你向鸟笼走去，笼子里的天空似乎也在腐烂
好听的叫声也在腐烂

难道春天也有死亡，难道春天也有危险
小黄雀不是啾啾的叫吗
金翅雀不是嘹亮的歌唱吗
爱人不是还在那里心系天下吗

你向窗外望去。黑夜
这无名者的墓地，到处是飞扬的羽毛
尸体已经发臭，爱已经发臭

弃于荒野的

是曾经的王朝

十五　春天一个祭水的人

在长寿湖，在水和山头之间

你总能望见一群白鸟。山下的梨树林，梨花

白茫茫的浓雾，把你包裹

鸟飞扬的时候

你并没有看到它们上升，而是

你在坠落

你会变成一滴水——滴在湖里。这轻轻的一融

肉体已变成虚无

已成为春天一个祭水的人

只是那群白鸟凝神屏气，生怕惊扰了什么

也许是诗人的旧魂。飞起

十六　落花

怀旧的人，只喜落花

咏点伤情离恨

数花瓣，从这个指头数到那个指头

在它的身上，你又看到爱情的影子

在雨中集体舞蹈，它散落一地。庞大而苍凉
死亡的花朵，你已经把它遗忘
它却在你面前，陪一个远比它年迈的女人

倾听……花……落……宁静而缓慢
你们相互道别，又仿佛是相互送终

十七　如果你有需要

一只鸟惊惶地抖动全身的羽毛
一只狗朝你吠叫
花朵使用了许多华丽的汉字
花朵让月色的乡村更加宁静

常常赞美的故乡，已经记不得你
你住在旅居的故乡
谈不上热爱，也谈不上背弃
你体验到睡到自然醒的自在
饿了就吃东西的满足
这个春天，你甚至根本不知道饿
根本想不出你需要什么

如果你有需要
——只是土壤和空气
它让你获得某种知觉

十八　太多的爱

你总是有太多的爱。多得无法计数，多得
你像一位女英雄，满怀壮烈的情感

你总是有太多的颜色，给画布上妆或卸妆
主要画师的色诱
让蝴蝶心跳，让麻雀诚惶诚恐

你总是有太多的词语
多得让春天恼怒，让寻欢的蜜蜂们不再出门
它们说：读一首诗就知道了

你总是长期习惯于——歌唱
习惯于这种不幸
唱词千遍，听者无无

城南乡居吟

一 立春归巢

一只燕子从旧巷的檐角掠过
黑色剪刀裁剪着天空的补丁
一切都悄然无声，时间在此刻停驻
远处，母亲呼唤的声音
绕着炊烟，向我飘来
那些青翠的动词在铁锅里脱水
蜷缩成盘中的回锅肉

与我一同归巢的，那只疲惫的蝴蝶
在暮色中，用翅脉书写重力
我突然对它心生怜悯
它像一位诗人，想在沉重中书写轻盈
又像我
在灰暗中描绘色彩

二 醉笔乡梦

一碗石磨豆花也能让我醉倒

把我带回老盐店

绵长的小路，走过我的祖母、祖父

走过他们的祖父、祖母

此时的阳光，像一根细长的线

牵出那条大黑狗

我与它坐在桃树下

等花落下来，它甚至追着风

跳过低垂的桃枝

花瓣落在它的身上

它发出汪汪汪的叫声

而我，只是静静地坐着

听着花蕊，在石板上

轻轻敲打

三 打谷场

玩迷藏的草垛

它突然弯下腰身的弧度

与我们翻墙时的脊椎

惊人吻合。稻草人长出长手

正替我们收割

那些被麻雀啄食的乳名

张玉米，刘包谷，土豌豆，小胡豆……

铁环追着他们跑，青石缝
录下他们奔跑的声音
萤火虫忽明忽暗，与我们一起数着麻袋里
沉睡的谷粒

而今，打谷场
只剩阿婆的绸扇，扭着秧歌
足尖穿的小红鞋，那花穗
漫过打谷场。仿佛我儿时的旧伤疤
风一吹 满地都是

四 杏核

过关山坡的时候
两个小孩在玩抓子游戏
这让我回到儿时
我们踮起脚尖数枝桠
看谁先接住，坠落的青杏
剥开果肉时像拆解一封战书
核里刻满小朋友的暗语
我们掏出捂热的杏仁
"走，抓子去。"
青涩的拳头一撒开，一攥紧
抛起的刹那，乡村在起伏
直到，所有掌心都长出老茧

这个离家的人，某处抽屉的暗格

依然有杏核，常常跳起来

将她击打

五　过桂溪河

用指尖感受水流的温度

没有什么不同，左右岸都是相同的

洗衣的人将木盆搁在溪边

她在河里浣衣，鱼是静止的

炊烟是静止的

静成桌边，我刚刚收拾好的一张山水画

下午是静止的

只有小溪从不曾停息

从村头到村尾

从我的童年流到白头

六　旧宅回声

蜘蛛从屋檐断裂处，织出网

青苔早已为石阶敷上青衣

蚂蚁们排成虚线队列，它们忙碌着

搬运蛀空的梁木

松鼠在我练习跳跃的地方，练习跳跃

那根枯枝突然开口

用童谣刺穿我的耳膜

生锈的锄头仍在转动，耕耘着旧时光

大雨来时，祖父爬上屋顶

用茅草代替瓦

我在土房里，到处摆满接雨的盆

什么也没有了……没有了

枣树还在

它用两个干瘪的枣子欢迎我

喊我小蒋妹，回声撞上

半悬的橡子

七 距离

我仍未学会用比荒草更轻的姿势

丈量老屋与祖坟的距离

从那里到老屋，一百米

从老屋到祖坟，一百米

这里到那里，老屋与坟冢

像两个永不闭合的括号

穿蓝布衫的祖先们在里面居住

燃香时，老屋旁的柚子突然爆裂

果肉里滚出祖母的顶针

这枚生锈的顶针。告诉我

织机仍在另一个世界忙碌
祖母将白发纺成麻线
织完一匹，就用而墙角那根银针
给这个俗世缝制
一件永远用不上的寿衣

八　老槐树

祖父的烟袋斜插树梢
代替我在这寂静的乡村，守望
它可以随时触到我，用它的长烟杆
在我的手板心留下疼痛的朱砂痣
枝叶间传来沙沙的私语。我惊讶
五十年前飘落的槐花
还翩翩于枝头

无形的根须。一种莫名的温暖
落在我心底

九　记忆的田埂

走在这田埂，就会想起儿时
远远看见暴雨中，祖母爬过田埂
像一只负重的蜗牛
她要去山的那边，求人
收割谷子

雨点，每一滴都砸在
她瘦弱的身体上。我的眼泪涌出来
心里喊着
"我要快点长大！快点长大！"
可，一切，多么漫长

如今，我跪在记忆的田埂
那被雨水冲淡的身影
暴雨冲刷过的饥饿，正在泥土断层显影
再也找不到了，她掌心最后的谷粒
那个在暴雨中爬行的人
只有泥土深处埋着她
求援的弧度
跪在我记忆的等高线

十　老牛

那头牛它在咀嚼
咀嚼整片夕阳
他牵着老牛，走在坑洼的小道
这小道，刚刚契合旧缰绳
倒影中，他的脸正在被犁耕
皮肤里溢出陈年的泥土
老牛的大脚
踩着他的影子。他的大斗笠

兜满整个水田
怎么也犁不完。为这
他与老牛耗尽了一生

十一　油灯将熄

我摸到
藏在米缸底的苦涩
二十年陈的糯米酒里
漂浮着弟弟未睁开的眼睛
他未发育的瞳孔在浊酒里
发酵成琥珀标本
灶神褪色的唇语被剪刀
重新缝合
不再复述的难产的早晨
篼篼里蜷缩的弟弟
子宫未完成的十四行诗
那个大雪覆盖的清晨
我没有了兄弟
米缸深处的叹息，比糯米更黏稠

老鼠啃食的生育证
像极了那些
无数个被剪刀裁剩的黎明

十二　狗尾巴草的占卜

早春，桂溪河开始融化
城南小学的上课钟声，砸醒大雾铺就的小路
那些上学的人群
他们的倒影被铃声钉在柏油路上
我们，在这里散步
他用折断的狗尾巴草占卜：惊蛰前三日
那封未寄出的信冒出新芽

恍然间，邮差骑着吱呀作响的 28 圈单车
车轮滚过父亲临终前
用手指画下的山川
车铃猛地一响，震落祠堂梁上陈年燕泥
积攒多年的乡愁

十三　双桂堂冬谒

残雪在松针上结晶为
一个个愿望
那些红布条写着未拆的谶语
古井咽下最后一声祈求
我正在放生池，与一只龟说话
八年前的初雪
我们曾在枯荷下，分食一枚鲜桃
今夜，禅房香火正盛

我与母亲并坐

如蒲团裂开的两瓣莲花

她指给我看某段经文

教我辨认殿前的木鱼声

直到青苔爬上石阶

月光与雪粒交替着，叩打着山门

十四　外乡人

两个小孩掉进鱼塘

像两颗石子，沉入时间的底部

不再起来

那个承包鱼塘的外乡人

每次我们回乡，热情接待我们的外乡人

背着一只褪色的编织袋

回了他的故乡

鱼塘的水，像一面破碎的镜子

映照着，那些无人认领的

鱼，在水中游动

垂钓者坐在塘边，他们的鱼钩

像某种隐喻，沉入水底

钓起的不是鱼，而是一些零散的

记忆

十五 炉边念影

我在炉边添了一把柴
把整个寒冬关在门外
留在风雪里。可，亲人
想起你，我的心中便涌起泪水
涌起那炉火旁
你抽着烟，喝着茶，不停地咳嗽
咳嗽震落了房梁的积灰
正穿透墙体
你走动的光影

这身影，就在我的眼前，
又仿佛很远很远，无法触及

十六 柚子树下的离歌

垂挂在枝头的柚子
丰盈的，甜蜜的，触手可及的
如同燃烧的嘴唇
在枝叶间低语。一群蜜蜂
它们在果实上停留，搬运着
整个原野
没有一个人想离开这里
没有一个人想离开蜜。只有一个人
他携风而去

带着田野，田野上的大青石

大青石，我泪水的源头
一声钟响后果实的，失重声

十七　迎春花的告别

迎春花只开了一朵
它的花蕊刚刚完成
第一次振动，细碎的的低语
随风声传来
你的咳嗽，瓦罐里陈年的酒香，开始翻涌
风，吹着我刚刚点上的香烛
纷飞的纸钱

风带走了什么，我不知道
但我明白，它带走了我的归途
未曾说出口的告别

青铜弦歌

一　鱼形石磬

一条黑鱼

穿越千年的波涛

它按捺不住，游出大地的寂寞

鱼眼。鱼嘴。鱼鳞。鱼鳍

多么完整。比秋天还要苍茫

比我的诗歌还要完整

比我的心还要坚硬

不再有敲击石磬的手。清脆

不再有古老的王者

飞马而来

不再有相思，击打的疼痛

这是一条让我怀念的鱼

它是黑色的墓碑

悬挂在这里

用安息，写出永恒

二 骨排箫

我遇上了三千多年前的腿骨

十三根骨管，长短错落

我要抚摸这些骨头，如同抚摸

爱人的起伏

有时太短，一瞬，流星就划过

太长，像无尽的河流，需要你一生去吹奏

我敢说音色纯美，我敢说

我适合独奏，也适合合奏

吹出兵器、车马器和玉器

带有骨头的异香

就让那个吹排箫的少女，在重棺边睡去吧

她手中的骨排箫，泛着殉犬的吠叫

墓室殉的十二个人

会不会被箫声惊醒

惊得他们坐起来，随着箫声喜悦

随着箫声放声痛哭

三 铜铃

铜铃，挂在古老的诗篇

铜铃，挂在车的顶端

颠簸，摇曳，滚动

时光的叫声，我已记不清

走过了多少江山

铜铃，系在动物的颈部
它们的步伐，叮当，叮当
铜铃在舞台上
与石磬共鸣，与爱情并排

我挂了一件铜铃
在脖子上
我摇了摇，晃了晃，它没有响
唉，我是墓中之墓，殷墟中的殷墟
是那个静悄悄
哑着的铃铛

四　贾湖骨笛

是不是一吹响这支骨笛
我刚刚画好的鹤
它就会从宣纸里飞走
带着红朱砂，白朱砂，带着数不清的
鸣叫。羽毛纷飞
森林里，湖泊上
到处是羽毛盛开
我一直捡，一直捡
天空上还有羽毛，我要借一个天梯
去捡。是不是一吹响这支骨笛
世界就会变软

刚长出的子弹，瞬间枯萎

核桃的外壳，噼剥着涟漪

是不是八千年的情话

藏在它的音符里

是不是，一吹响这支骨笛

我的爱人就会，回来

五　编钟

古老的神器

青铜的光，发出一潭鸟鸣

大旗猎猎在上升

那弧形的身躯，如一个爱过并失去的老人

承载着岁月的风霜

落日，在口沿的凹进处

发出回响

大小各异的扁圆钟

如星斗，悬挂在钟架之上

我仿佛回到战国的夜晚

乐手们

丁字形的木锤，长形的棒

敲打。敲打

小钟高音清脆

大钟低音雄浑。回声，荡漾

乐声在你的东边，乐声在你的西边

乐声在你心里。而你
只是挥舞着手，想抓住它们
在乐声中洗手
在乐声中把自己洗成一尊编钟
钟上那根骨刺

六　蛙形陶埙

晚商的声音
凝结于一枚小小的青蛙
手与眼睛，曾经被谁的嘴唇
亲吻。泥土与火焰
额头上的露珠
你是否在夏日看见过，沉默之蛙
岁月的轮回
深藏于细小的眼睛
一个远古的女子，她伸出手
在彩绘，在雕刻
那是怎样的美人，如器
而，我闻到了埙孔中的气息
那气息，穿越着
把我呼唤
有人吹响了火的哀思
牧野之战，帝辛在大火中
听到死亡

那声音，长发般缥缈
那声音与失落的铜钺，一起
落进大地。今夜
我来聆听
来自远古的回响
仿佛聆听，远古的自己

七　铙

让我看看，这铙
是否有沉眠未醒的战士
如我沉眠未醒的爱人
这铙，是否由晚商的余晖烧成
烧得那么厚道，青铜最美的古风
兽面纹，每一条线
都是刀戟的痕迹，历史的册页
那个以金铙止鼓的人
我把他认做英雄，他面具下的血脉
我要拥有一滴
微小而古老的，不经意间滴落的
一滴，就可以
喊出战争的烽火，和平的庄严

让我看看，这铙
铁与铁的相撞，爱与恨的交织

刀枪声，战斧声，哭喊声，风声

在兽面纹的夹缝里

安睡

八　鼍鼓

商汤灭夏的鼓

武丁对外征战的鼓

牧野之战的鼓

还是莺歌燕舞之鼓

那双击鼓的手

疾风，怒吼，惨烈，惊喜

那双击鼓的手，只为胜利的手

失落的手，哀伤的手

在殷墟大墓的深处，随一只鼓

悄然苏醒

鳄鱼的甲片，带刺的光芒

鼍鼓逢逢

穿越了安阳的街巷

我走在这里，每一块石头

都是一场壮阔的历史

走在这里，如走在过往

我越来越小

越来越轻，仿佛每一步下去

都有鼓声，奔放的乐章

有时候我并不想听，战争的鼓声

鼓声，鼓声

你为什么不停息

为什么不像爱情，久久的睡去

只偶尔，在泪水中

瓢泼而下

九　卜骨

那么多卜骨

那么多如谜的沉默

人生的纹路，刻在谁的骨头上

神秘的符号，若隐若现，

北斗星的语言，命运的密码

谁可以解读

巫师在哪里，快给我占卜

快

我要给你一根

爱人的骨头

我要看收成，出行，做梦

你要看颜色，形状，时间，方位

我那些吉凶祸福

在骨头里凝望

在卜火里，剧痛

十　白陶鬶

把白陶鬶竖着摆放

那么端正，三个果实一样的乳房

立在荒原的大地

酒香与火焰，水沸与叫声

容器如少女的躯体

高岭土铸就的身躯

这样年轻，这样完美

我把它横着摆放

展翅欲飞的鸟，会从我手里

飞走。飞得太快

快得我心慌。快得我的诗句，蹦出来

和它一起飞

我想，看谁飞得更快

一飞就飞回五千年前

我把它倒着摆放

仿佛盛开的花朵，不对称的三瓣

我呆傻的看着，不完美的对称

如我不完美的爱人

虚数备忘录

一　2024年6月21日

你缓慢地闭上双眼
一动不动。躺在那里

窗外是明亮的阳光，光爬上你的嘴上
你的胡须
一小片颤动的芦苇

四肢蜷缩成胎儿的姿势
仿佛不曾来过，不曾爱过

我的呼唤你听不见
你的呼唤，我也听不见了

二　2024年6月27日

那个吹小号的人，是谁
他的于在二个键上，铜管在暮色里发芽
将我吸进簧片的弯曲处

那个弹吉他的人，是谁
指法滑过我每一寸皮肤。音符坠落的刹那
我试图抓住这音符。却人潮汹涌

那个手握手术刀的是谁
在水边解剖一条鱼，刀刃游出磷光
他缝合波纹时，河流辗转伏枕

厨房里为我忙碌的，是谁
爆炒飞鸟和虫鱼，炸开人间的欢喜和悲伤
今天，我只听到火的孤独

那个为我折纸飞机的，是谁
他像纸人一样飘走，这样厌倦了我
如同我，厌倦了白昼和黑夜

三　2024年7月5日

她闻起来，那么苦
一株站在中药柜里的苦楝子

被苦杏仁的气味包裹

蝴蝶的大翅，陡然一落
生命戛然，死神真的降临了
有人真的失去了
天空，失去了雷电与春风

谁会在长夜醒来
对着碑帖哇哇大哭

一个女人，在悲伤里悲伤
她闻起来那么苦

四　2024年7月5日

你只哭了两声。第一次看你哭
人间早已顿足捶胸

为什么，不放声痛哭
眼泪留给了谁，谁替你哭

啊无花果，请撞开锈蚀的喉结
断崖的齿缝

雨如此大。天空，在替你哭

雷声在空中滚动

你只哭了两声，眼泪的声音
跳跃在病房

如同玻璃杯的脆响
喉管里游动的两粒黄金

五　2024年7月7日

大风吹过，远远看到一棵倒下的桉树
另外一棵，静静的站立

如果我不经过它，怎么会看到
大树下，一个女人，低垂的头颅

她静默如那棵树
一棵树因为另一棵树的倒下而静默

她哀伤如那棵树
一棵树因为另一棵树的倒下而哀伤

两棵树，落叶满地
那么苍老，那么无助

六　2024年7月15日

那朵花已经枯萎
木质声带在季节里失声。唉
我是见过万吨鲜花的人
哪里——在乎这一朵

树冠起伏着，你吟唱过的诗篇
空枝写下的逆流密码
在风中反复沉沦

啊，那朵花已经枯萎
无论是花神，还是爱情
都无法让它回到枝头

把我安慰

七　2024年8月1日

我的身体被碑林拉长
悬挂在一块碑上
空旷的深处，碑的温暖

写一首会哭的诗
来送你
拍打着词语为你送行的

大地这张床，如此青翠
比我好看

八　2024年10月1日

东环路，卖冬不拉的人和儿子交谈
他们说什么，我听不懂
但是，他们多么快乐。我买了冬不拉
我想，我买到了快乐
东一路76号，卖鲜花的女子
跳着手鼓舞，她多么快乐。我买了鲜花
我想，我买到了快乐
回石河子酒店，两个老人
搀扶着过红灯路口。走在他们身后
他们的笑声在一座城市飞
鸟鸣一往情深。我黯然
我确信，我买不到白发的爱人
他们的快乐

九　2024年10月2日

从飞机上看下去
这些房子多像一块块碑
或许是张迁碑、勤礼碑、石门颂
或许只是一块碑

这碑下住着许多像我一样
越走越慢的人
他们此时在仰望天空，还是与我一样
在一只大鸟体内
俯瞰大地

大地上也有一块块这样的碑
只是里面的人，已经永远沉睡
有一块碑与他们不同
他，长眠在我的怀底

亲爱的，你是否看见
一块碑带着另外一块碑。飞

十　　2024年10月22日

我来到这里。见你
黑色的墓碑，一坡一坡的碑
黑色的小房子，一坡一坡小房子

我只喊了一句：哥哥，你在哪里？

一只寒鸟，惊起，从远处飞出
大理石的面孔，露出了笑脸
你似在张望，又似在遗忘

木语

一

两个从不同方向进入森林的人
他们的绝望和呼喊是相同的
所有呼喊都被松脂接着，甚至
梦也是相同的。虽然他们记不清自己
大多数梦
麋鹿正用犄角收割他们
彼此的梦境

他们之间的距离，时而遥远，时而伸手可及

有声音在说，"停下！"
又有声音在说，"前行！"
他们的足迹隐没，他们不知道去哪里

只是，深知这是确凿的：请前行吧
前行让他们有焕然一新的感觉

二

丛林里，几只冻僵的乌鸦在枝头的高处
等待暖阳。另外几只正用喙啄食自己的倒影
它们露出亲戚一样的面孔
亲切、和蔼、冷漠、不信任
它们与满身的薄冰一起对你说，"好，好啊！"
你一边嘟囔，"会好吗？"
一边飞快地经过它们

林边，一块冰晶在印山红的残枝旁，融化
雪坡、群鸟
木塔之上有人滑向村庄
木屋里传来沉寂多年的歌声
一个婴儿刚刚诞生
新生儿的脐带缠绕着这片雪原
你将目睹松针的接生术
那些被雪腌渍的啼哭长出松果
一个未来的小美人。一个人。他们露出兴奋
仿佛她一个人就带来了一百个人

满月突然降落在婴儿囟门
为她颁发出生证
她的哭声很大
只有雪的低语，"又有苦难诞生了。"

三

那些小红鞋在雪地上打滚
少女脚踝分娩出雪花
那些温柔的女儿让人甘愿成为仆人
让人不记得寒冷，就要到来
或者已经到来
一瞬间，这里变成乐园
黑乌鸦正鼓起嘴唇说一件重要的事
它不停地说，反复地说
好消息和坏消息在游走
你只看到，色彩斑斓的少女
穿过雪堆覆盖的小路
用笑声震落你心里的积雪
你的秘密通道，突然裂开一道微笑
她们掷出的花环是古人的星云图
刚刚把你击中
黎明初生的美人啊，她们透过面具
凝视，你平凡的黄昏
这情景，多么难忘。这一切无序而鲜美

此时，你趴在积雪的尽头
大衣口袋里爬满新生的松鼠
此时，所有美好恰似一个幻影
你的童年记忆

正被小红鞋踩成薄片

四

那本鲜活的童话集
永不出世，却家喻户晓
你鼓鼓囊囊的行囊里装满小人儿
你的记忆里，走着一个少女
你目睹她用诗歌喂养木质的星空
那些她走过的脚印突然受孕，分娩出狼嚎
她可以随意窥探你
母狼的温顺，偶尔的倔强
她总是在忙碌，用石块、木头给那些小人儿
修建房屋
她把自己当着唯一的母亲
掌管森林的人。把自己当着唯一
可以用渺小涉足苍茫的人

她，有没有让你心生羡慕
在疲惫，在放纵的角落，停下脚步聆听
打破你那长久的孤独
"为什么不永远？不永远在！"

白茫茫的大地。白茫茫的大地
没有别的动静，梦中的少女的脚印，一个接一个

种在这寒冬里

五

他扛着断木穿过
那瘦削，在林间时隐时现
仿佛他的脊背驮着整座森林的阴影
有人要在寒日落下之前
用碎木拼凑温暖的囚笼
这居所，刚好收拢你的魂魄。一个声音在说
又完整了
"你真的在吗？"

木屋静立。它用榫卯咬住两个黄昏
月亮的银臼齿，落日残留的金冠
它连接着一个人，还是一个人
清晨中的太阳
群鸟，直到它消逝在森林的入口
你，与林间的小径，月的残痕相遇
你忆起长串的名字
那个抚摸着诗歌唱歌的少女
鸟衔来的唐朝碎瓷片
断木深处，未被驯服的年轮
更多的是与你无关的，混杂的
那些你扛过的重量

被破坏的宫殿，几根倒而未倒的立柱

你走进屋中，冬日闪烁的低矮的天空
将你变成一道残痕
几头小兽踏上你的身体
你的脸上，头发上，到处是深深的爪印
你自语道：
"它为何需要我？它古老而空灵。"

从此，你的身上飘散着兽的气息

六

乌鸦的叫声，越来越多
仿佛墨渍在扩散
你突然张嘴应和：呱啊……呱啊
一片叫声滚过的丘陵
只有大块的落雪，音节被冻成盐粒
你沉重的肉体，刮破的手指
你把行囊放上雪橇（其实没有行囊）
不过是风的肿块

雪橇嘎吱、嘎吱地滑动起来
雪橇正在虚构自己的辙痕
这声音，是一种空洞，正如诗歌的羽毛悬浮在

未孵化的诗句中
找不到落脚的空洞
你自言自语，一边说，"回吧？"
一边望向远方
"为什么我视力有限，却纵情与远观？"
唉

你的掌心握着一根腐朽的拐杖
向乌鸦掷去
拐杖划出的抛物线
始终在徘徊，未知的已知的
另一边

七

一切都慢下来
你在人群看不见的地方隐匿
苔藓正爬上你肩胛骨，成为第二层皮肤
暗处的时针用菌丝
缝合所有正在塌陷的往事
这个身披兽皮的人，与夜半低语
讲述战争、股市、欲望、慈悲和死亡
破旧的靴子，靴底积攒的雷声太沉了
不敢喊出来
如同这年过半百的人生

直到一群低声吟诵古老祷歌的少女
从天空穿过
执琴的少女开始弹奏
五线谱正在指缝间校准音叉
高音区在森林里调试
低音部有苔藓用年轮磨亮簧片
那些被嚼碎的喊声正在重组
天空突然卷起绸缎

你喃喃自语：
往昔岁月漫长，今生也很短暂

八

这里，平整似一张宣纸
只等命运的笔触。画出陷阱、毒箭、绳索
你画出白马，如大朵飘动的云，大朵的梦
它的大耳，越过矮丛
在林间低寻
又弯下腰背，和冰凉的灌木私语
把鼻藏在冰下取暖
奔过森林边缘，热忱如光洁的瓷器
它把自己当狩猎者

这必然是艰难的
把山巅、深谷、草甸、河湾
将旷野驯成一片猎场
近乎难以达成什么，把猎物的猎物
网罗……你知道，你永远无法拉开
一把伤痕累累的弓，这里
承载着无数饥渴，无数离弦的利箭

你卷起一张宣纸。什么也没有
只有你，坐在灌木丛中，一言不发
风穿过林间，带走了最后一缕光

九

两手空空的你
垂首如向日葵在腐殖里发芽
直到耳廓生出无数褐色小伞
那么多的耳朵
你听到了什么？整个森林开始颤动
那么多耳朵，足以将田野、山川
将疯狂的爱，救世主一样的死神
收纳。而死神正用露水擦拭镰刀锋刃上
凝固的蜂鸣
没有阴谋的世界
在你的舌尖蜷成含羞草

唉，谁知道呢，终究是孤单的，被一切忘却的
唉，徘徊的，靠老天赏脸的（甚至没有脸）
你只听到陷阱，在前面等你
一代又一代的陷阱
让你把真实怀疑

奔逃，浪迹天涯……乌有的……自由
逃亡者终将成为自己的陷阱
你已无法把你更换
犹如影子
几十年的相濡，无法拥抱，无法抛弃

十

逃
沿着腐烂的落叶向深处行军
难道远方可以抵御死亡？会解救
困于内心深处，发霉的腐烂

昨日的爱人正在鹿角分叉处
长出第七种死亡的方式
死亡，这是，最终的一切，最后的一切
就是置身其中的，沉默者的舌头
齿缝繁殖的颤音

就是所有的捕兽夹锻打的锁链
就是对抗

死亡：最原始的，最肆意的，最野性的
接近于可有可无的，来了
老虎、豹子、狐、兔、鹿……衣冠楚楚的
访客们
留下的一串串，深长的脚印

他们在请求，远方之远，挺立的万物
白杨、青松、云杉、群鸟
将死亡送出森林。去那片寂静森林的支流
去你的背离面

十一

你见过——在这森林之下的亡者
常常从地底冒出的头颅
十万张嘴唇正在树根间练习吹埙
一个个在变大
他们的嘴唇在变大，呼喊
死者在对活者的呼喊，他们甚至以为
——你的活着更像死亡

你被无尽的冰丝缠绕

这些冰丝永不消融。活人的呼吸长出冰棱柱
悬挂在勇士勋章冻僵在冰块里
你已经忘记了
你是一个自称勇士的人

他们的身体瞬间断裂，化作粉末
你的身体瞬间断裂，化作粉末
大地上的骷髅骨、灰色的理想
所有束缚过你的万物，窥视者
化作粉末
断裂处飞出的不是灰烬
是越冬蝴蝶褪下的茧衣

你已经忘记了死亡
忘记报丧的乌鸦，尽管，它们那么认真
正在为所有未完成的
举行葬礼

十二

走过这个森林，你人生中的一段时光结束了
所有小径都在结痂中学会蜷缩
你不会，为了这结束而哭泣

在这样的雪夜，你点亮了所有星辰

把已经走过的小径重新走上一遍
每个脚印都长出冰藤
你没有停下，好像从来没有来过

你默哀，把一片丛林的生死感受得好像不是生死
唉，请缓缓地向着光
离开，不再回头

水相

一

你是否记得江河收走的最后一个黄昏

渔网挂在倒悬的树枝上

晃动的阳光和你，向我跑来

你从深渊里钓起，刚刚睡醒的红鲤鱼

它在鱼钩上如一个少女，挣扎

顺从。漫过堤岸的夕阳，照在它的身上

它在鱼篓里安静下来

芦苇，它们弯腰捡起满河的鱼鳞

我们刚刚抵达村头。桑枝悬垂的虫瘿

播放着多年前祖母唱的船歌

你的钓箱里装着蚯蚓、方便面、七星漂

还有尚未拆封的云朵

祖母在河流的转弯处等着我，她的一生都在等待

最好的那一碗鱼汤

河水将我们的影子织进水中

我的怀里多了一群鱼。胸腔里沉睡的骨肉
突然开始疼痛
它们在里面产卵生子
有一条一定是我，另外一条
或许是你

二

捕鱼者将渔网撒进嘉陵江

水草吐出陶土沉子。网结、拉环、绳索
鱼群经过的地方
它们吞咽苦草、浮萍、苔藓
也吞咽潮汐。它们甚至有嚼碎丝线的气势
它们在渔网里重组光谱
将网变成鱼
随即，我看到更多的鱼
在芦苇深处，向我们涌来。有的跳进我们的小船
有的涌入暗流

不再有波澜。如同你，我
这世上有没有一种繁华
让我贪恋。或许，如同鱼贪念大海的繁华
贝壳、珍珠、海葡萄、裸海蝶
与海马一起穿梭，雄性诞生雄性

如叶海龙一样变成藻叶，在海里摇曳
同鲸鲨一起拥有星辰吧。那繁星

挣脱渔网时留在它们身体上的伤痕
也让我们一起贪恋。那伤痕
又或许，那孤独，确切地说
像我一样
对岸边的桃花，无法释怀

三

只有沉船吐出的最后一声汽笛
只有波涛，驮着复活的落水者抵达浅滩
只有我，向虚空中书写词语
此刻，只有朝天门的喧嚣
这里的喧嚣又与众不同
它承载着我们的少年时代
抓石子，放风筝，捉昆虫，用沙堆建城堡
我们用指缝漏下的贝壳
与潮信对弈

直起身子，你看见熟悉的城市
远处船舶上亲人身影。为什么归来也会离去
为什么到处是未完成的告别和拥抱
眼泪，悬在缆绳末端

夜雾漫过七号码头，青苔上的露珠
它们滚落下来
我们怎么接也接不住
或许，从来没有离别。我们此时在哪里
这里？或者那里
一张折叠的船票。归来即是离别
离别即是归来。当你躺在那里
那墓碑
不过是搁浅在码头上的罗盘

方向早已不在，潮水早已退去

四

在汽笛震颤中突然学会飞翔的候鸟
它们的鸣叫与渔歌一起
我们在哪里倾听？在哪里学会鸣叫
每一次振翼都是对"此处"的否定
江河在身下蜿蜒成一笔大篆
它与白鸟
真正的水墨，出自天然
你想留住什么，就什么也没有留住
只是倒映
倒映着我们未竟的旅程。你说：嗨
是飞鸟在召唤我？还是你在召唤我

亦或是，我与你，与飞鸟之间
有记忆的契约

暮色浸透时
它们降落在这片水域，倒影里漂浮着
它们怀疑一切的脸
狐疑、警惕、阴沉
仿佛存在的本质在迁徙中得以显影
它们刚刚穿越经纬度的寒流
这张水墨出自：飞行轨迹
尚未命名的远方
有点夸张，破损，还有点糙涩

五

薄纱覆盖着我们。你说，"好大的雾啊。"
我说，"好大的雾啊！"

这个多雾的城市。走着匆忙恨着的人
走着亘古的爱人
我的脊骨咔在轨道的增生处
轻轨经过
发出……咔咔……咔咔……
我们坐着无法抵达远方的三号地铁
从龙湖到国宾城。有时，我们散步

像两个走着回家的人
又像两个找不到家的人。这个冬天
我们拥有的曾经已经被收回

雾中冬泳的人，从高高的桥头跃下
你像一只水鸟
寻找我埋进江水里的玻璃弹珠
在嘉陵江的漩涡中，打捞爱情
却触到银锭上未干的盐粒。你与鱼群共舞
像一个学会用鳃呼吸的人
从江的这头游到江的那头。你用手掌测量
河床的体温，那么轻柔
仿佛测量我的体温

这么大的雾，你捞起某一样东西
它就化作千万尾游鳞
从你手纹上滑落。如同，你永远不能再见的人
消逝于这里，或者那里

六

你和我说话的时候
青铜鼎上的饕餮正在苏醒
这小兽
我多年前遗落在长江的玉佩

它吞噬的云气漫过夔门
你看见沙洲上锈蚀的锚链了吗
天问的冠带，在渔火明灭处
随长江鲟沉浮
月色将江面熔成我怀里的玉镜
照前世，也照今生

照见汽笛声中的猿鸣，它的声音
悬浮在我点染的旧山水，多余的部分
挖沙船挖出，遗失的《九章》
有人大声歌唱
有人为江水镀上楚国的青绿
照见你心底最深的欲望
最后一夜
你说，"美景已在心中，不必留恋。"
你的脚踝，突然生出鳞片
江底一只千年白龙，刚刚
遁入深渊

我的手中
多了一片七彩龙鳞

七

无聊斋的桃花已经开了一朵

我知道，它们会即刻凋零

那个在长江边砍树的人，他的斧头

让我无法入睡

两千年的波涛，凝成的一朵桃花

此刻正贴着我左胸第三根肋骨

比你的手发烫。梦中

屈子的舟楫正穿越回水坨的桃花林

那些被 GPS 定位的花苞

来来往往的虫兽

散落的桃花冠被你拾起，被我洗涤

我听见《山鬼》的韵脚

香草美人

环佩叮当，她在波涛上行走

甚至，走上那座我们无法攀越的基站

一个山鬼站在高处说，"收到了信号。"

她把我惊醒

我还在疑惑，是不是只有我收到了信号

收到楚辞的副歌

八

江水在江滩的石壁刻下

"金刚"两个大字

我经过古镇时，你正在旋涡深处

打捞巴山夜雨——泡涨的旧信封

我们曾用落花在城墙上空写信
寄给他，她，或者它们
漫山的落花，每一瓣都是未寄出的信笺
回到李商隐发丝的铜纹里
重新结晶
我将邮筒的指示牌翻转
指引着信件游入街区，穿过锈蚀的唇
——游回你居住的西窗

唉！我要羡慕你，收到这么多信
里面装满涛声和星光
银子做的剪子

九

三峡古栈道，青石板裂开处
南北朝的月光正在分娩石锤、钎子、錾子
挑夫们的汗碱在长江里写成史书
水模仿鹤鸣时
整条路，悬浮成线装的册页

走在这里，摇摇晃晃的路
年久失修，你只找到半片马帮掉落的铜铃

仿佛被岁月狠狠地咬伤

这锈斑

如同脸上，层层雀斑

再也发不出清脆的音响

你指着铜铃说："这是我。"

这是说，你以一个物件的方式存在

你以物件的方式，得以千年

或者更久

十

这个季节

十万顷蓝泼溅成荷叶的铜绿

仿佛张大千的遗作

白鸟正悬停于长寿湖的边缘

采莲谣，在涟漪中。无论谁来到这里

都会爱上这里

如果，白鹭掠过水面不溅起一道伤痕

候鸟到来时，褪去羽毛里的烽烟

绿头鸭不把巢筑在浪涛里

如果，藕节里不暗藏解不开的风暴

我会爱上这里

如果你，不数着花朵

——沉入湖底

这个季节，有人正用肋骨叩击船舷
苏轼在《赤壁赋》中呜呜然
汉武帝在《秋风辞》中说出：哀情多
此时，没有吹箫相和
湖的深处，传来谁的呜咽

这个季节，湖水漫过所有形容词
挽歌全部变成荷花的形状
我在湖心投下一支发芽的毛笔
它竟长成，水底
倒悬的碑文

巢痕

一

冬日的缙云山，依然绿着
一方绿毯，将远去的昨日覆盖

你站在山巅，望鸟
那么多鸟在嘉陵江，飞
甚至感到羽毛，一丝
细微，一丝，也可能是两丝
你张开手臂，又收拢
你的双腿，尾韵，悄然张开，又收回
如同修辞学遭遇的困境
你想，倒退成一枚未受精的鸟卵
悬浮在嘉陵江永恒的子宫里。你想
用整个后半生观察
白鹭如何用蹼足丈量春汛。你还想
在你的瞳孔里豢养群鸟

它们俯冲时划出的弧线
恰好吻合你年过半百
与飞鸟刻下的等高线，同高

"没有人拥有飞的真相
飞翔也无法抵御过于沉重的部分。"

二

它们在混沌中，代替你飞行

越过最小的，枯枝断裂的脆响
与落日一起缓慢落进嘉陵江，晃动
随即，消失不见

这，多么像少年的你
在村头的大树上，与一群鸟
从高处起飞。此刻所有的绒羽开始发光
彷如你正用喙尖啄破黄昏
你们在芦苇荡交换鸟语
用彼此的肺叶编织飞翔的线图
直到江水漫过锁骨。跌入嘉陵江

你随一条河流滚动、翻卷
甚至可以看到死神的手

巨大的袍服上的金边、丝线、卦象
最终你被死神托出。唉
还有漫长的花红，柳绿等着你

另外一个你，却永远的下沉
沉到底了

三

观鸟的人，刹那间凝住了
时间在倒退，1941 年 6 月 5 日
一个硫磺味的黄昏

较场口防空洞的腹腔里，金丝燕
羽毛正集体叛逃
巢穴深处，未凝固的唾液，悬在
警报声的气管里发芽
五个小时的轰炸，雏鸟求生的眼睑凝成石膏
有人将呼吸叠成纸鸢，却被硝烟压弯脊骨
羽毛与指甲同频脱落
"六五"大隧道的惨案
他们，在未成年的锁骨上堆雪
他们，让无数翅膀在炮声中焚毁
通风口飘来半个世纪的灰尘
覆盖所有啼鸣

只留下，母亲们收集羽化的灰烬

缝合进防空洞的潮湿里

你，站在纪念碑前，听见地心传来

吞咽羽毛的声响

像某个被抹去的振翅

四

梦境中祖父的猎枪，从踏水桥飞来

枪身长出白鹭的胫骨

难道是一只鸟，它用锈斑丈量 1938 年

重庆大轰炸的体温

防波堤裂缝还在渗出

桐油味的电文

群鸟在飞，它们急急忙忙，从漩涡中

打捞，英雄们尚未碳化的掌纹

少年的血在江心沉淀

此时，江滩上

铁皮船捞起水蕨

一枚，带着婚戒指痕的弹头浮出

夜巡者举起探照灯，光束里悬浮那封未及启封的

阵亡通知书。而，祖父的猎枪早已散架

枪管蜷成蜗牛一样的空壳

唯有扳机躺在祠堂深处，成为
遗忘在屋檐的铁
每逢惊蛰便渗出雷声

五

"你学会用弹壳盛接月光的时候
你就长大了。"

你在画布上画着弹道
你的准星始终悬在乌鸦与迷途信鸽之间
你仔细观看防波堤，那里长出铁蒺藜的羽毛
夜鹭用长喙丈量战壕
你像鸟一样掠过炮管
那个溺亡的人突然开口
"不要飞翔，该用鳃呼吸硝烟。"
他胸腔游动的红鱼群，用你不懂的语言
把弹片翻译成历史的纹路

当暮色把枪管浇铸成青铜凫尊
所有遗忘的都将以振翅计量
几克是未寄出的家书
几钱是褪色的番号
而最轻盈的那枚弹头
正托着月色的倒影。酒葫芦里游动着
彼此瞳孔深处的鸟影

六

青铜展柜里悬浮的断翅
被泰古古玩城售卖

这断翅，分明让你听见
持续发送的
1939 年的电报机在翅膀的折叠处
那个清晨，枪声切开江雾
它在飞，只为对岸送去，脚环上的秘密
当你俯身阅读玻璃展柜后的铭牌
迟到了八十年的飞翔，突然穿透
那只鸽子以子弹的姿势
隐没于弹雨中

不知可有目光将它惦念
或许在观鸟的瞬间，想起
嘉陵江上，布满弹孔的大雾
大雾中的飞翔

七

鸟群突然切开云层
它们发出……卡卡卡卡……的声音
它们俯冲时
渣滓洞的岩壁在声带里剥落

山峦收束囚衣
铁窗在小刀的锯齿中溃散

参观的人，穿透明雨衣的少女们
踩着黑色的镣铐
她们的发梢叮当作响
与鸟的叫声，交织在一起
她们的长发和长鞭，交织在一起
此刻，所有声音都长出倒刺
卡在冬日寒冷的牢房
少女们数着铁链里渗出的暗斑
每片都是雏鸟未睁开的眼睛
那么多鸟，那么多

鸟鸣持续而下
有人在石壁刻下环形年轮
那些未睁开的眼睛，正从锁孔内部
练习破晓时，第一声啼鸣

八

解放碑，啜饮着雾
大雾漫过褪色的脚环
游客们举起自拍杆，收割光影
而某块砖的裂缝里

突然滚出半枚被遗忘的铆钉
你抬头，鸟，必须有鸟
你喉间滚动着结了冰的词语
试图发出鸟鸣
这片江山的巡视者
你会瞥见，它们在此处停歇
你惊觉，只有翅膀能够掀开被遗忘的黄昏
所有翅膀都是指针
时间，这倒悬的沙漏

七千根钢筋指骨
在混凝土里发芽。那些英雄
化作纪念碑基座下，永不凝固的纪念日
他们修建
所有塔吊都成了候鸟的颈椎
钢筋工像鸟一样悬在云端，焊接星辰
他们的焊枪点燃了
倒悬沙漏里凝固的鸟鸣

而，你在此处，凝望着
一只雏雀在冷风中，初张羽翼
一只老雀背负着雪
停在塔顶。一动不动

九

它们，从这栋楼房跃向那栋楼房
瞬间，它们飞走
太阳在国泰艺术中心移动
仿佛无数太阳在建筑斗拱中穿梭，无数鸟
在穿斗中飞，在太阳这个巨大的瞳孔中
升起，落下
勾勒出一笔笔张旭的狂草曲线。这些跃动
在重叠堆积的斗拱中
牵出不可说的墨韵，又毅然
弹向天空，这张宣纸的背面

你始终猜不透，它们
掠过渝中半岛时，少女一样藏起的秘密
它们低语时，褪色的求偶舞
失败的几支羽毛，在步行街流动
被孤独漫步的少男少女拾起

此刻需要以鸟的方言起誓
用不可学的语种，翻译秘密
每声鸣叫都解开一道
爱的绳结

十

缙云寺念经的人在翻晒旧信
纸页渗出梧桐的潮气
所有未寄出的字句都蜷缩成茧
暮色漫过茶山

一人一鸟在天上飞
用旧船厂遗落的铁锈打磨的翅膀
看起来有点笨重
那只灰鹭始终盘旋于左侧
他们俯冲，用尾翎切开货轮的汽笛

突然垂直上升，羽管笔
划开重庆层叠的吊脚楼
他们仰起头，羡慕
那与你一同飞翔的，多么轻盈，或不仅如此
他们因你们而忘却一切自由与希望
你的心满是惊惶。不安
就像一只急切归巢的飞鸟找寻暖巢
却，寻不见

难道只是这苍穹下的意外
又或者，你，只是偶然闯入这片天地
把自己飞翔的影子钉在
洪崖洞未熄的霓虹里

十一

被黄昏打翻的鸟窝，躺在那里
倾巢而下的鸟窝
三个鸟蛋，正在破碎
那个捧起鸟蛋的人。我看不到她的脸
一缕白发正替她缝补鸟蛋的裂缝

她试图把晚霞熨烫回卵形
却发现，每一片裂纹都在通向大地
深处的废墟
她用喉咙丈量死亡的弧度。她唱歌
母亲胎记里溺亡的回声
她甚至坐下来，用羽毛编织鸟窝
鸟窝里充满了鸟的叫声
呱啊……呱啊……她吐出最后一个哑音
这声音，竟然卡伤
她的嘴唇

直到地心传来碎裂声
三团未成形的光晕正在渗漏
她捧起温热的壳
"看，三个悲哀降临了！"

十二

所有的飞翔都指向同一个名字：迁徙

白鹭掠过寒风时
倒影里浮出它们的候鸟法典
两条迁徙路线，展现
此刻，云层正在编织暴雨。直至它
没入落日
天空露出指南针的横截面
有人在暴雨中晾晒
迁徙地图
每根羽毛都插着褪色的磁针
指向永不愈合的地平线
去年的飞行轨迹正从陈旧的弹孔涌出
也许，不再有熟悉的道路
鸟翅勒出的一道乌痕，仿若
宿命刻下的诅咒

只是，你惊喜地感到思念在膨胀
它把你拉回儿时的时光
它让你在远行的深处数数。永远数不清
一只鸟。一只鸟。一只鸟

数到第八十次日落时

候鸟计数中，逐一蒸发成

你人生的告别

十三

你是不是为鸟而歌的人

简单地，比如 飞……飞。飞。飞。飞……

指尖的震颤总先于黎明抵达

拆解成五线谱

你是不是为鸟而歌的人

望见划过清风的身影时，你想歌唱

你裂开又愈合的伤口里

涌出金属质地的鸣叫

身体深埋进树的巢穴

听到鸟的颂歌

自由的颂歌，被胆小的它们唱出

好奇怪啊。它让你听到无所畏惧的声音

让你这个写苍老诗歌的人

胸腔里沉睡的琴键，突然醒来

写出一点音符。飞鸟。飞。飞。飞

你的躯体，以缓慢的摇摆应和

此刻你不再是歌者

而是风暴眼中

一根等待被吹响的骨笛

恰似你的往昔得以浮现
恰似，一生仿若须臾

微信公众号

官　网